山河路遥

辛永康 著

云南美术出版社

图书在版编目（ＣＩＰ）数据

山河路遥 / 辛永康著 . -- 昆明 : 云南美术出版社，2024.1

ISBN 978-7-5489-5428-6

Ⅰ . ①山… Ⅱ . ①辛… Ⅲ . ①散文集—中国—当代 Ⅳ . ① I267

中国国家版本馆 CIP 数据核字 (2023) 第 140685 号

责任编辑：方　帆　赵异宝
责任校对：温德辉　韩　洁
装帧设计：书点文化

山河路遥

辛永康　著

出版发行：云南美术出版社（昆明市环城西路 609 号）
印　　装：四川科德彩色数码科技有限公司
开　　本：880mm × 1230mm　1/32
印　　张：9.75
版　　次：2024 年 1 月第 1 版
印　　次：2024 年 1 月第 1 次印刷
书　　号：ISBN 978-7-5489-5428-6
定　　价：88.00 元

河堤之南，

尽束菩提。

时春，

花开漫野。

目 录

第一幕

流年如花，终将含苞待放

镜中花，水中月，如清风入侧，

终究一场波澜。

流年如花，终将含苞待放

岁月勾勒的粉墨山水画，不过是流年沉积的往昔。

随日落变得短浅，被江流赋予生气。

风来疏竹，不作声响，不过是过往晨曦，穿透山林，融化着流年。

人生如潮汐，千变万化，唯一不变的是岁月无恙，长久流芳。

在流年中与人相遇，不过春暖花开，也不过含苞待放。

与人离别，不可避免，希望那时候，所有要说的话都不要藏在心里，该说的说出来，再聊一次你们喜欢的话题，再怀念一遍当初聚餐时的狂欢，再看着对方认真地笑一次。

即使，转身时，泪流满面。

也许你们会再次遇见，在人海茫茫之中，也许距离你们上次见面的时间很长，也许你们已经忘记了当初的模样，但是相望的那一瞬间，你们笑了，感叹着世事变化无常。

错乱了人生的出场顺序，一切都会变得往事随风，天高云淡。

人生百味，惊落孤鸿，我们不是选择性擦肩，回眸相望，而是沧海桑田，身不由己。

在皑皑白雪下等待红梅开放，不恋春秋，寂寒中也能相望绽放。

愿有人陪你看花开花落，愿有人和你坦诚相拥，愿有人陪你颠沛流离。

但无论有着怎样的意愿，你都要好好地爱自己，等到再次与故人见面的时候，对他们说，我过得很好，不用担心。

人在旅途，身不由己

五年前在车站偶然碰到的那个大叔，四十好几，模样已经忘记，但他所说的话，我还清晰记得。

"看好行李，从东往西，那里是出站口。"

现在，当我再次路过那个车站时，记忆被忽然唤起，想起了这句话。

没有想到，五年是一次轮回，更没有想到，有一天我还会出现在这里。

听广播播报，下一站，是终点站。

忙于奔波，穿行于一个个不熟知的地方，路过一个个堪称经典的风景。

我去过很多地方。

有高山和流水，有荒凉和繁华。

我遇见过很多人。

有衣衫褴褛的，也有穿着华丽的。

我从绿水到荒漠，从东走到西，奔向一个个日落的黄昏。

从此，四海为家。

路过固定的车站，火车会走得很慢，看到一个个穿着深蓝色大衣的安检员，会情不自禁地多看两眼。

在很久以前，久得连我也不知道什么时候，我以为火车站里面都是士兵守卫，一个个都是一米八以上的身高。

长大后才发现火车站根本没有士兵，警察倒是有几个，他们只是普通人而已，在自己的岗位上兢兢业业。

路过山坡，想起看过的内蒙古大草原；路过河流，想起青岛的蔚蓝大海；路过成片丛林，想起北京颐和园的十八弯。

这些都是去过的地方，已经成了擦肩而过的风景。

透过玻璃窗，看向外面停留的火车，每一节，都透露着对未来的欢呼向往。

离行的人开始安检，经过安检门，走向固定的地方。

同一辆车厢的人走向同一个方向，偶尔会听到安检员说你们走错了，请走另一边，然后人们又再次簇拥，走向另一边。

与无数的绿皮火车擦肩而过，与山边的牧人羊群擦肩而过，与无数灯火辉煌的高屋楼宇擦肩而过，与梯田里的稻草人擦肩而过，与无数欢喜擦肩而过，与堆积的山峰石垒擦肩而过，与城市的灯红酒绿擦肩而过，与桃园的分外通红擦肩而过，与高山庙宇擦肩而过。

这些擦肩而过的事物在原地不动声响，看着我们向前走，奔向远方。

也许等我们再次回头路过的时候，它们会骄傲地对我们说，别来无恙，欢迎回来。

一辆辆火车，一个个过客。

构成了我们远离的标志，在或短或长的生命里，成为值得记忆的里程碑。

每一站都少不了心动与彷徨，欢欣与喜悦。

旅途中，我们会遇见很多人，觉得对方感情自然，已经表露了接纳你的痕迹，你会放松戒备，也会袒露心扉。

遇见不想见的人，你会在内心嘲笑对方，童言无忌。

停靠在某一个熟悉的车站，我们会害怕身边已经聊得很开的人突然下车离开，即使只是短暂地下车透气，也会觉得不安。

更害怕熟悉的人远离，有陌生人代替他们的位置，新的朋友成为新的过客。

无数人与你擦肩而过，造就了看透风景的你。

你会坐一次不知目的地的火车，没有目的地地行走，遇到人多的地方，下车，然后穿梭在人海中，倾听来自五湖四海的声音。

你会对比，对比见过的东西与之前遇见的是否相同，略有差别，会陷入迷茫中，再次翻开地图，看下一站的方向。

你会去没去过的地方，收拾行囊，蹒跚启程。

你会见许多人，每一个过客都充满了想见的冲动，就像秋季的落叶撒落了一地，腐烂后融为一体，不分彼此。

一路迷茫，历经沧桑，总有人会提前开口，我们是新的朋友，或者你好，新朋友。

路过乡村，你会以为重新回到了家乡。路过城市，你会以为又将开始嬉戏。看北风摇晃风铃，你会以为已经路过了四季。遇到冬天的霜雪，你会以为到了终点。

只是路过，不要想太多。

不然，你会被自己的思绪搞得格外紧张，成为回忆中最容易受伤的那个人。

奔向下一站，你希望更好，所以，继续努力成为你新的目标。

目标在继续，你的生活也在继续。

你会努力，也会按照自己的目标向前走。

从此，你过得不一样，每一个无限接近目标的动作，都会让你站立鼓掌，笑逐颜开。

我希望沿途的风景里有我走过的身影，我希望去过的地方能认识新的朋友，我希望孤单的火车里能与其他人说说笑笑，笑谈风云。

我希望火车驶向黎明，附带黎明挥洒的阳光。

我希望火车穿过森林，带动整个森林的风霜落下。

我希望路过风景，不要留恋，不要回头。

泾渭分明的轨道线，将每个游子的心情细细划分，许多人担心流离失所，找不到回家的方向。

害怕生命线不够长，还没回到家，就已经客死他乡。

更害怕死后成为灰烬。

一路颠沛流离，一路失魂落魄，一路感慨万千。

等到火车到站，才放下紧张的心情。

回到家乡，多虑成了多余，失落成了喜庆。

然后与周围人一一说起，你回来的际遇，你见过的行人。

与一个个人擦肩而过，造就了倾世倾城的你。

路过一座座城，遇见一个个高低不等的山坡，造就了现在四处奔波忙碌的你。

　　如果你感到孤独，不要慌张，请来找我，我会陪你一起，走向春秋冬夏，与你见证，一个个日落的黄昏。

　　我已经准备好了等你，在某一个车站满怀希望。

　　住进我的心里，一起路过万水千山。

义无反顾

总有人会陪你向前走，

不知道从什么时候开始，这个世界上有了你的信徒，人一多，你便不再孤单。

你们一起玩笑。

从街头到街尾，从黄土到绿坡。当然，还有春风夏雨陪着你们。

你们走过，又走远。

你们走过清晨的雨林，追逐过指缝间的阳光，你们希望被教化，软化内心。

你们追逐过火车，生性偏狂，却一直在轨道旁停留，渴望等到火车停留的那一刻，与行人一一握手，说句你好，朋友。

你们经常写日记，也习惯性用一个词语，永垂不朽。

你们一一出现，又一一消散。

消散在海市蜃楼中，随光线变得逐渐模糊。连那句后会无期也还没有说出口，就消失得无影无踪。

懂得珍惜以后，你们习惯了在一起。

久而久之，你们索性更名换姓，名字唤作我们。

从此，你们的日记变得很厚很厚，每一页都写得满满的。慢慢地，日记里面少了形容自己的孤独，多了形容对方。也从此，多了一些人陪你，多了义无反顾。

你们走得很远，但没有人会后悔，因为你们都选择了义无反顾。

即使受伤，也会悄悄地把伤口覆盖，保持沉默。

成千上万的沙子匍匐前行，累积铺垫，造就了成千公里的海岸线。

被人视为美好，却常常沉默。

力量微小，一腔热血，最终还是抵不过大海的浪卷吹拂，沉入深渊。

如红雨落于山涧，如絮风摇晃晚秋风铃。

力量微小，虽不能感动山林，却依旧义无反顾，不慌不忙。

如梦蝶之于庄周，如海天遮蔽江流细浪。

站在原地，不能远行，依旧固执如初，却海阔天空。

不愿松手，却常常沉默。

路过一座城，终究会少一人。

你们是知己，岁月早早地将你们的信物连接在了一起，就像那片风帆，离开码头，驶向大海。

　　风暴会席卷它，风浪也会击打它，但即使危险重重，被风浪洗礼，它也不会回头，毕竟它选择的是向前走，以及义无反顾。

　　无数人与你擦肩而过，选择性错过。

　　不是因为你们没有缘分，而是因为你们走得都过于匆忙。

　　你们习惯于行色匆忙，也习惯于在人海中张望。

　　生怕被人注意，于是戴上了墨镜，让自己能够看清别人，别人却看不清你。

　　遇见清晰的人，你会回头多看两眼，渐渐地你的灵魂也变得清晰起来，也许正是因为你遇见了很多人，经历了很多事。

　　你知道了自己想要什么，以及为了什么而义无反顾。

　　你会欣喜，也会绝望。

　　欣喜的是你遇见了很多人，绝望的是你不知如何向前，以及如何义无反顾。

　　别怕，生命很长，总有人会带着一腔热血来找你，陪你向前。

　　你在这个路口停息，歇够了，蹒跚启程，你以为你会孤独，其实你一直都不是一个人在欣赏风景。

　　你会在下一站遇见他们，毕竟，他们一直在等你。

　　与你一起启程，无论黄昏还是清晨。

　　也无论颠沛流离还是光芒万丈。

　　他们在等你，陪你一起向前，走向下一站的光明。

故事留在心里，说给自己听

每个人都会有故事留在心底，那个故事或许微不足道，没有引起过任何人的注意，或许过程太过刺激，已经忘记了前言后语。

如果你难以忘记故事里面的风景，那就把那些故事留在心里，说给自己听。

在喧闹的风尘中找到属于自己的故事，不用记不用等，说给自己听，残荷缺月也是风景。

有些故事很难忘记，不如留在心里，待茶余饭后感到空虚，再坐在摆椅上想念，过去的事，过去的人。

故事很短，人生很长，对于那些你遇见的人你总会说，谢谢，对不起。

对不起的是那些被我们拒绝过的人，因为他们让我们懂得了珍惜；感谢的是那些陪我们走过山路的人，因为他们，你懂得了人生的惊险与刺激。

有些熟悉的人会与我们半路失散，连一句简短的再见也没有，就此永生分别，你会嘲笑自己，这不是故事，而是事故。

有些人与你一起启程，可能会比你先到达自己的目的地，你们可能刚刚才认识，就嘘寒问暖，谈笑风生。

同样离开时，你会注视他们的背影，会强迫自己记住某个短暂的瞬间。

也许离开时，你们会两两微笑相望，心里念叨着有缘再见，后会无期。

走过的红尘路多了，你蓦然回首，会深深感叹岁月老矣，人生如戏。

故事的主人公换了一个又一个，但对于你，故事还是一样的开始，一样的结局。

走了一圈，老了还是像小时候一样摇着轮子，被人照顾。

会有几个红颜知己陪你，陪你度过剩余的人生光阴。

你们会像小时候约定的那样，在生命的最后时光里，围着篝火，想着家乡。

也许那时候会是夏天，也许那时候已经过了秋天。

那时你们白发苍苍，坐着轮椅。

你们会后悔走这一遭没有一起的境遇，但没有办法让时光倒流，过去的终究已经过去。

一切，都是那么的不可理喻，但一切，也是那么的顺其自然。

被尘世的哀怨挤压，被锁在琐碎红尘事中。

我们会成为故事中的风景，成为对的人；也会错过风景，成为错的人。

但对于每个故事，你都能不离不弃，对于你来说，就已经知足。

路还在继续，故事还在继续，遇到的每一个人都会是不同的风景，你要学会珍惜。

等故事结局尽善尽美，等一句我不后悔。

那时你不必整理衣裳，衣冠得体，将故事说给别人听，你只需要把故事留在心底，讲给自己听。

原来你还在

那些第一次被击打，第一次被抱怨，第一次被瞧不起的时刻要记住，记住具体的时间日期，精确到几分几秒，并将这些都牢牢刻在心里，等到与世界为敌的时候，再翻出旧账，对那些曾经轻蔑你的人说，我已不是当年的我，而你还是当年的你。

当然，那些第一次被喝彩，第一次被掌声肯定，第一次被爱鼓励的时刻也要记得，时间不用刻意，但要记得，等到失败的时候再对那些人说，我还是当年的那个我，我还在向当年看齐。

失败后，在恍惚间才明白，原来曾经与现在，早已经不期而遇，在言笑之间。

如果这样，请对过去轻声说句，对不起。

如果你足够相信自己，这个世界终有一天会向你看齐。

不用处心积虑，光阴迟早会降临。

因为，你的生命中出现了一个不大不小的奇迹，那就是执着的你。

在经历了一些悲与苦，亲离友散之后，你会感受到人生其实就是一个江湖。

充斥着爱恨情仇，同时也透露着锋芒毕露，人心惶惶。

每个人都活在江湖中，每个人也都迫切需要一座自己的城。

在那里，自己可以呼风唤雨，不再任人宰割。

与人隔绝，在孤城里面，孤家寡人，其他人都是流水过客，不想见也好。

陪伴这事，不提也罢。

在海的西岸，建一座孤城，不用大肆宣扬，也不用整天问候他人。

只需要你静心沉淀，累积人生。

归隐城居，再没有四处漂流，也再没有过多地在意身边的风景。

只是在这座孤城里面，做着专属于自己的梦。

还是像以前一样，等着日出，盼着日落。

或许对于贪嗔欲望，绝望更能让人知足。

在绝望深处痛哭，微笑过后，人生自然妙不可言。

逢场作戏，不过临危受命

你长大了，变得成熟稳重了，别人会说你处变不惊。

其实，只有你自己知道，长大后，不过逢场作戏，也不过临危受命。

有一天，你发达了，你会不自觉地在朋友面前炫耀。

你曾经被人瞧不起过，炫耀只是为了证明自己，我过得很好，比以前好，你们都错了。

一味地在乎素洁雅致，朋友自然不欢而散。

毕竟，他们需要的不是你虚荣的外表，而是能够与你交心谈笑。

可你重在形式，却忘记了最初的决心，一定要与他们过好每一天，即使同甘共苦。

经历一段刻骨铭心的爱恋，在石崖边上写下了此生不换的话语，并且彼此手牵着手，一起呼喊，不放弃，不抛弃，即使整个世界与你为敌，你们也会在一起，永结同心。

后来，孤独的你再次来到石崖边，看到了曾经熟悉的话语，回想起了过去，痛哭流涕。

一切又再次变得熟悉，可你早已经忘记了当初发誓的场景，周围的树，旁边的人。

过去，也不过是在逢场作戏。

你说你的文笔很好，构思有深意，能写一本自认为场面很宏大的书籍，里面有腥风血雨，孤剑断刀。

你说故事很好，自己就是下一个传奇。

可后来，当你老的时候打开日记时，你才发现你只写了个序，就再没有动笔，因为你早已经忘记了故事开局，前功只能尽弃。

梦想，也不过是在临危受命。

是知己，自然不用处心积虑，步步回头

你一直在挑战过去，让自己不再记起曾经，可没人会相信，你依旧百毒不侵。

和恋人分手，身不由己。

你们会分开很长时间，彼此的距离也渐行渐远，也许你们会永久地分开，也许只是过客的短暂告别。

你们畅想过有分有合，也认为情人分分合合在所难免。

你会大哭一场，哭掉所有的不甘与失落。

哭完你也会大笑一场，感叹这就是人生。

朋友们会陪你一起渡过这个难关，让你的生活重新恢复到以前，即使在他们看来，你们是那么的般配。偶尔你会假装不在乎，假装坚强，在脸上写尽笑意，他们看见你不以为意，其实你只是在掩盖自己的悲伤，让自己看起来不那么狼狈。

两个人走会走得很慢，一个人走会走得很快。

你会经常在夜深人静时，想你们的过去，你也会比以前更加爱自己。

某天你的朋友会突然问到你的前任，你不会马上回答分手了，而是会用一种特别含蓄的方式回答，假装你过得很好。

两个人走得远了，没有感觉，迟早会天各一方。

你们会成为知己，还会像曾经那般推心置腹，那份感觉还在，只是你们终究被岁月侵扰，有了距离。

后来在很长一段时间里，你们成了过客，仿佛互相不认识一样，谁也不再偏执地想起。

你们遇见时表情平淡，好像对方在你的完整生命里不值一提，甚至连偏见的影子也找不到。

你们爱过对方，也恨过对方，此刻你们的恨会大于爱，只是时间久了，早已经恨不起来了，如果还能爱，希望没有分分合合。

如果还能保持当初热恋时的那份感觉，连世界都会给你掌声，像曾经，涛声依旧。

你会碰见许多人，与他们习惯性擦肩而过，你也会遇到许多无辜的人，被你当成你的前任。

你会仔细注意，注意他的每一个动作，每一个转身。

某一个动作会勾起你当初的回忆。那份情怀又再次涌起，瞬间又再次变得清晰。

你很爱他，但是故事最后你们还是因为某一个瞬间而不辞而别，连一句衷心的感谢也来不及说，不是不想说，而是害怕说出后，会控制不住自己，害怕走着走着，就会步步回头。

你会记得对方对你说过的梦想，那个梦想在你脑海里依旧清晰，清晰到那个熟悉的轮廓里有你的影子，你会想，只是你不能控制住自己。

你希望他的世界里有你的影子。即使你们形同陌路，回不到从前。

你会嘲笑自己当初不好好珍惜。也会骗自己不去回忆从前。

这些远景，在日记里是那么容易实现，可是现实中，你只能活在记忆里，有他的青春的日子里。

当你的生命中，出现另一个可以代替他的人的时候，你会忘了他的样子，忘了他曾经贴在你脸庞上的呼吸。

曾经他常常捋你的头发，然后用你的发尾划过他的脸庞，你会留很长很长的头发，不是让他感觉到你长发更美，而是你希望长发及腰，等他娶你。

你要去另一座城市时，你会不由自主地放慢自己在这座城市里的脚步，因为你想回忆从前所有他给你的瞬间，还有崇高的信仰。

你会走你们一起走过的大街，去他给你惊喜的地方，你会停留在熟悉的地方很久，会不自觉地坐在长椅上，看你们一起留念的黄昏，听你们彼此猜谜的歌曲。

你会傻傻地笑自己，还在痴迷过去。

你们会成为过客，但你们终归是知己。

在有他的日子里，你过得很幸福，你们合为一体，很幸运。

没有他的日子里，你依旧过得很幸福，只是那份冲动不再，青春不再。

你会觉得自己一直活在旧时代里，除了他，再没有什么能够激起你的兴趣。你也渐渐发现，原来兴趣是后天培养的，而不是先天形成的。

你去了另一座城市，那里和你过去所在的城市一样，每天人如流水，匆匆来，匆匆走。那里和你的城市也不一样，不同的日出时间，不同的日落地点，还有不一样的思念。

人海茫茫将你吞没，你走向不同的车站，遇见不同的人，只是不知道下一站的方向。

在新的城市里，你渴望碰到知己，不像旧城市那么推心置腹也行，可你碰到的都是过客，知己没有一个。

你知道自己会重新找到一个梦想，可是你发现，你只是这座城市里喜欢回忆的人群里，最渺小的一个。

都在留恋过去，过去被时空侵占，逐渐变得拥挤，未来也变得格外清晰。

许久以后，你还在陌生的城市里面打拼，因为狼狈，你会偶然间想起过去。

你会在城市里，到处张望，渴望碰到一个熟悉的背影。

久而久之，你学会了步步回头，寻找知己。

不是你依旧活在过去，而是为了寻找知己，习惯了慌张回望。

是过客，离开，终究步步回头。

是知己，离别，自然不用处心积虑，步步回头。

陪你一起见证
每一个春秋冬夏

如果远方没有阳光，那么我会陪你。

和你一起走。

和你一起见证每一个春秋冬夏。

我们相聚在枫林竹晚，你听着西风烈，我闻着稻花香。

我们走过，从春到夏，从秋到冬。

我们走过熟悉的街道，留恋着熟悉的晚风。

从早到午，从午到晚。

只是因为太过熟悉，你渐渐从我的生命中消失。

后来，我也逐渐少走了这条路，在原点奢望，能和你同步出行。

后来的后来，彼此走得远了，与你，也不再熟悉。

终究，我活成了最开始的你，而你，活成了最后的我。

希望遇见后，我们互道平安，点头微笑，转身那一瞬间会发现，原来执着只是在毫厘之间。

不过没有关系，我离你不远。
就在你的方圆几里。

有些人是为了成全现在的你，让你走这条光明而又斑驳的
道路。
不要抱怨，要心存感激，谢谢他们成全现在的你。

守望，不过是对过去的肯定，以及对于现在的否定。

冥冥之中，错乱了顺序，分手摊牌，许愿不再来。
冥冥之外，被拖入红尘中，笑着走一遭没有你的际遇，清
醒后，漂泊在银河九万里。
情人别后，不再冥冥。
但谢谢你，曾经说过的蜜语甜言。

暖语甜言，我会记得。
在下一个懂得珍重的雨天，我会谢谢你。
谢谢你的雨伞。
谢谢你的出现。

谢谢你的成全。
回忆终究遗忘在午后的时光里。
发光然后慢慢散开。
等到回到从前，再交给你。
谢谢你。

白色光，彩色雪。
十里堤岸。

波光闪闪。

青色山，灰色雨。
杨柳成荫。
雨落板桥边。

陪你走过的每一步都是春秋冬夏。
像晴天晴空万里，时有小雨滴。
像阴天写日记，心情不好，满篇都是废话。
像冰幻化为泪水，汇为银河九万里，浇灌着你我的青春。
所有的青春。

我们会成长。
也终有一天会走进不知名的胡同，遇见一群理所当然的人，
说一些理所应当的话。
也终有一天，我们会结婚生子，开着车子满世界自驾游。

我送你的春风十里，不知被你遗弃在哪里，更不知道我是
否还得乘春风，去人群里寻找，你这个摆渡人。

我们曾经携手共进，大步向前。
路过山丘，踏过冰雪。
我们左顾右盼，看着风景盎然，桃花成蹊。
只是，未央湖旁，我丢失了你。
这不能怪我，也不能怪你。
我们步调不一，方向有差异。
也许开始已经揭露了谜底，我会在某一刻丢失了你。
也许，你会在某一个满心欢喜的清晨遇见我，对我说早安。

也许，已经错开，拉开了距离。

不过，没有我也没有关系。

我希望你出现在你希望的世界里，那里有山坡，有湖堤，有鸟语，有花林。

我知道你会再度欢喜，唱自己的歌，跳自己的舞。

某一刻，会有小雨滴洒落。

别怕，那是我，在你身边，用你不知道的方式陪着你。

你总是爱笑。

笑自己的懦弱，笑自己的不成熟。

也总会因此嘲笑自己，踌躇不前。

但这有什么。

你过的是你的人生，其他人只是你的看客。

你会摸不到自己的方向，会紊乱阵脚，不知如何去远方。

其实，过好自己的每一天每一刻，都是对自己的肯定与成全，每一步都在朝着光亮前进。

你的出现本来就是一场跨世纪的临时演出，没有过多人和你共同出现，台下的观众有很多，他们笃定着信仰，和你一起，度着你们所谓的春秋冬夏。

某一刻他们会消失，毕竟他们只是你的过客。

不是你人生所有的春秋。

他们能够给予你的，都给予你了。不能给予你的，他们也让你变得更好。

你要感谢他们。

感谢他们给你带来的一切，无论伤悲还是喜悦。

毕竟，他们和你走过的路，是他人无法给予的。

如果人生很短，那么现在就是最好的时刻。
不要等到这一秒完结，再继续奢望下一秒。

你会拥有花的信仰，然后像花一样绽放。
当然，要像花一样地生活。
如果是这样，我会在银河九万里看着你。
陪你一起见证每一个春秋冬夏。

山河故人

多年后，故人依旧执着，在山峦之间，等着晚霞。
在落叶之下，听江流声响。
不回头，不作响。

故事的结尾，流传在大街小巷，世人还了他们一个传说。
山河故人，如果有缘，那总会相见。
流传于山间，簇拥于海峡，在某处湖泊中，被瀑布洒落。

时光乍现昨日青石旁的木马，附着山笛声慢慢旋转。
尘世看不破。
不过烟花散落，归无影，无人回答。

我们一路走来，坎坎坷坷，走过群山，路过湖泊，曲曲折折。
回头望去，仿佛那些故事在笑，走得那么匆忙。
想起过去，也才发现，故事那么多。
因为不说，已经逐渐消散，成为琥珀。
在牧人的故事里，点染了白云万朵。

青山寺外的古道人家，记录着枯叶下的四季表达。
守着过客，等着故人。

没人来，却依旧执着。

陪伴着四季轮回，落叶春花。

有些深刻的事，有些难忘的人，时间久了，也就淡了。

也慢慢地，由洒脱变为遗忘。

当再次遇见故人，你也许会惊叹一声，咦，我们好像在哪见过。

也好像有过故事发生。

生命的伊始与结尾，过程与落幕。

在我们的一声声叹息中，而荡然无存。

随着山河变化，不留痕迹。

当我写下这篇文章的时候，我知道我们的故事已经发生过，也已经错过。

不过，山河故人，若有缘，那总会相见。

那时候，我们对彼此可能还有印象，但过去的故事总归泯于尘土，总归有了它自己想要的执着。

后来的我们都知道过程。

不过我们都不说。

不是故事卑微，而是一段岁月终究有了自己的位置。

不去打扰，最好。

虽然石沉大海，也虽然无问归期。

楅

时间一直向前走，带着所有的狂热。
浇灌着所有因激动而产生的热情。
他们辗转于人世间的暗流生辉中。
在一次次的激动与彷徨中，生出夏花，结出果来。
然后在人们的脸上展现，开出花来。

雨后的七彩虹，等待着自己的棋局。
在仅存的时间里，执意等待着。
等着执棋人。
不是谁都有资格议论棋局。
只有真正的执棋人才有资格举棋。
在灵魂深渊处，在暗流涌动中。

涅槃重生从来不是为了生存者而生，而是为了濒死者。
前一步，生而不骄。
后一步，禅而悟道。

走了很久的路，才发现。
原来你的欢喜来源于你所见过的所有陌生人，所有的新鲜事。
在你们的信仰有共同的主题时，你才渐渐发现，欢喜离你
这么近。
在一线之间，也在言谈举止的渐渐熟悉之间。

那些因为陌生人而偶然遇见的惊喜，会不知不觉地在你的心中开出花来。

就像久旱的土地突遇风雨，附带彩虹的美丽。

也在不久后你发现，原来，真挚与真知是在一线之间。

在与陌生人相遇的惊喜当中，刚刚好，不远，不近。

一盏门打开了便是风景，一口钟推敲了便是参禅。

看多了，想多了，便会形成自己的体系。

一个不用悟道参禅就可以明白的体系。

你也会渐渐明白，伟人从来不是天生，他们也是凡人。

云雾遮山，世人看到的只有云雾缭绕，碧山青翠。

没有多少人会在意山间流淌的溪水，以及岸边兰亭。

这些无关风月，只是潇潇，一切却早已经安排。

因为疏忽，而忘记了本尊。

在山间云雾间，也许故事不多。

但当你回首时，你会发现，原来一切早已安排。

我们只是践行者，在属于自己的乌托邦里。

不用急，不用躁。

听从安排。

春风作穗，逆光而行

红叶缓缓飘落在无人关注的河流上，微微飘落，从西到东。河水潺潺流长，从一点一滴到银河几万里。

微弱的灯光绽放着即将枯萎的信仰，人们走过，说说笑笑，以为留下背影就注定永垂不朽，所以走走停停。

煦风吹拂日落，点点红霞漫过记忆的华章。在即将远征的岁月中，书写着光芒万丈。

春风作穗，满园青草，喝一杯茶，然后背着光走，逆光而行，因为这样，你可以走得比时间更久更长。

赶赴一场惊天动地的剧情，故事里面有两个主角，一个是你，一个是我。两个场景，一个春风作穗，一个九月金黄。但表演一般，心情一般，所以我们最后还是凡人。

等一场未开花的雨，过一条未结果的河。

人生路很长，会有起伏，有失望与痛苦。

就像经常路过十字路口，谁知道下一步会不会走错方向，误入歧途。

但别失落，要始终保持信仰，你要相信每一次小小的成功都犹如百草初醒。

错过一座城，爱上一个奋不顾身的人。

终究，我们会在下一个陌生的城市里步步回头。

也会发现，走到最后，爱的是曾经的绝不可能。

我写过许多关于离别的诗句，有长有短，字体大小不一。

也曾经嘲笑过那些说离别再见的人，心想都成年了，还在犹豫各奔东西不再见的场景，真是心智不全。

没有想到，最后离别的路口有我的身影。

也好，成为离别的人。

至少，等春风吹过，所有的希望都将汇为春泥。呵护玉树春花。

离别时的风景，我希望没有颜色，简简单单，灰白就好。

毕竟，是过客，走过的风景都是春风十里。

因为某些人的离开，看过的风景会比从前更好。

毕竟，我们终究是彼此的过客。

对，仅此而已。

我定义了很多命题，也进行了许多不同的假设。就是不知道与你相遇的下一个路口，我会扮演怎样的角色。

或许那时你已经丢失了我，在我们所不在意的时光里。

走得久了，我们都会回头。

回头不过十年期许。

爱过，何必现在说抱歉。

恨过，又何必对过去说谢谢。

遗忘总会在某一个清晨，欢呼雀跃。在某一个黄昏，期待新的光明。

谢谢你，出现，然后漫不经心地消失。

也谢谢他们成就了现在的你。

你会遇见很多人，他们陪你路过，只是都不是终点。

能陪你的只剩下你希望的那个人。

陪你，走过千山万水。

春风作穗，不希望黄金万里，满屋金黄，只希望每个人能逆光而行，让春风陪你，度过每一个精彩的时光。

如果你失去了方向，要相信，我会在雨天中，在河的对岸等你。

陪你看春风作穗，背着光，逆光而行。

从未走远

陪着你走，

开始在一起，结尾在一起，这无疑是世界上最困难的事情，许多人会因为改变而计划出新的改变。

离散一些人，兴起一些事。

偶尔你会抱怨周围没有关心你的人，会怨恨没有你作为主角的事。

到最后遇到事时，你总会孤身前往。

久而久之，你成为了自己的太阳，误以为走到哪里都是一片光明，光芒万丈。

没有人陪你，不过是你自欺欺人，毕竟，总会有人在你身边，陪着你走。

他们一直都在，而且，从未离开。

你去远方，一直走，去有光亮的地方。

也坚信哪怕到不了最美的地方，也要孤身前往。

路很远，你会遇见半山拦腰，会遇见溪水缠绕，也会碰见晴天落雨，冬天彩虹。

但要相信走着走着，你就会看见绿树春花，莺飞草长。

你要相信，会有人始终在你附近，跟着你的脚步声，一直在走。

孤身前往，不是你的节奏。
大步向前，也不是你的信仰。
你是凡人，所以走的每一步都得斗志昂扬。

你会作些许停息，会作些许逗留。
偶尔间遇见大石头，坐在上面小憩一会，然后继续走。

你的身边会有人陪你，只是他们不曾停息。
你走时，跟着你走。你不走时，他们绕道而行，不是他们想看更多的风景，而是他们只想在远处看着你。
他们别无所求，只是希望能跟着你走。
你的方向就是他们的路，无论多远都行。

他们陪你度过每一个清晨，每一个午后，与你见证着每一处罅隙，每一次等候。
所以去远方，你要走正确的路，别让别人陪你白跑一趟。
否则，你对不起他们的信仰，更对不起他们陪你走过的路，到达过的天南海北。

走到终点，你们终究会见面，那时，他们会听你诉说衷肠，只是他们不会告诉你，其实，他们一直在你身边，陪着你走。

你会给他们讲故事，会吹嘘自己的昨日，也会站起来指向地图上的某一个坐标，并大声说，你瞧，我见过最美的水，登过最高的山，吃过最青的草。

他们会静静倾听你的游记传说，也会满面春光，欣喜不已。

当然，他们为你感到高兴是真实的，陪你见过最美的水，登过最高的山，吃过最青的草也是真的。

你走过的路，他们也走过。你未走过的路，他们也走过。

你会让你的子孙们在你的墓志铭上记载你的光辉时刻，也会让他们加重永垂不朽那几个字，让后代称赞歌颂。

他们也有墓志铭，只不过更多记载的是陪你走过，直到尽头。

世界很大，哪怕竭尽全力，也有到不了的远方。

世界很小，你若斗志昂扬，去过的地方都有你的永垂不朽。

有一天，也许你会把自己弄丢，但你要相信，有的人的日记里有你的出现。

因为他们陪你走过。

他们也会记得，你们曾经见证过的所有春花秋月。

愿你做个逗号

五官透露的邪恶，被包裹在冲动与自卑中。
待久了，我们很容易分不清什么是对，什么是错。
也渐渐地，我们开始背离梦想，走走停停。

与其故事是场意外，还不如不要相遇。
至少不见，也就没有后会有期。
各自在彼此的孤岛上，砍柴生火，煮豆燃萁，看日出数星辰。
不相遇，也至少没有专属的星空与眼泪，日月与潮汐。

我来过，我爱过，只是最后选择了放弃与不回头。
选择离开，有人会流泪，会偶尔翻开相册回忆。
只是从此以后，你与他不再是一个世界，你们之间相差了
一个世界。
一个完整的世界。

离开后，你会坐一次没有他的地铁，吃一顿没有他的晚餐，
看一次没有他的黄昏。
你们相见于江湖，因为感情，也渐渐相忘于江湖。

　　你也会在某一个地方看某一个熟悉的场景很久很久，傻傻地待在那里，一动不动，仿佛时间停滞，不再向前。

　　直到某一刻，你的同伴提醒了你一下，你才缓过神，你熟悉的场景，早已幻化成风，随雨漫步人间。

　　我们穿越过无数人群，流连过数不尽的花开，只是最后我们还是我们自己，一个去远方的自己。

　　在离开的时候，我们总会缅怀。

　　你会在一个特殊的夜晚发一条只有他看得见的朋友圈，让他知道其实你过得挺好。

　　不论他是否看到，你都会觉得他已经看见。

　　然后在天明的时候，又悄悄地删掉。

　　你会傻兮兮地对自己说，没事，都已经过去。

　　不会再做类似的事情。

　　可是，你还是会在相同的时间，类似的节日，继续发着朋友圈，让他知道，你其实还不错。

　　他的离开，只是成全。

　　每一次欣然向往的前方，都充满了未知与彷徨，我们会在无数次跌倒之后，再次欣然启程，然后以全新的面貌去走新的道路。

　　人生是一场漫无目的的散步，总少不了意外与拥堵。

　　正因为如此，才催生了我们走的某段路程，遇见的某一个问候，然后不回头，一直向前走。

我们扮演着不同的角色，也清楚自己的戏份很足，所以往后的路走得昂首挺胸。

我们给自己定义了很多远方，譬如，等一次花开，看一次花落。守候一座灯塔，从天黑到天明。

路上的行人很多，我们不愿拘束，所以我们前行的速度越来越快，步调也越来越大。

从人海中穿过，总以为自己走过了某处风景，其实都在等，等一次回头，等一次祷告，好像前方有人在等我们。

没有回头，也没有仰望。

不愿去附和，所以成为了千万朵。

娇于淑，灼于冷。

想成全自己为一个句号，不如做个逗号。

在往后的人生路上，该放就放。

孤身前往　不负春光，

生命中某一次旅行，可能是没有目的的前行。

即使这样，我们也要走得潇洒，走得漂亮，也好让他人看见你的雄心。

活得光鲜亮丽，不如走得潇潇洒洒。

人生不长，不要因为某一次格外的紧张，而忘记了自己前行的方向。

坚定方向，孤身前行，不负春光。

在人生的道路上，我们清楚自己的一得一失，一招一式，也清楚时光是把巨尺，度量着我们前行的距离。

招式终究会被人破解，所以勇敢的人在步步向前，慵懒的人却在依附别人，浪费着时光。

我们每个人都是那么的相似，一边赶路一边认真想起，一边忘记一边回忆。

偶尔也会嘲笑自己，原来镜子也有黑白。

白天照的人影是黑色的，黑夜显得人影是白色的。

也对，在林林总总的道路上，我们连自己是谁都会怀疑。

我们有时会抱怨自己，将周围人的不幸全都怪罪在自己一个人身上。

不幸交织着他们，那是他们的生活。

毕竟，他们在这个世界上已经找到了属于自己的位置。

而现在只剩下你一个人，在黑暗中孤身前往，寻找着自己的方向。

你要找到自己的位置，对号入座。

你是幸运的，你可以随波逐流，他们却不行。

你是不幸的，你没有自己的信仰，没有自己的信徒，你只是流浪者。

你没有找到自己的位置，不是你不够优秀，而是没有走得更远，也就与周围人没有产生共鸣与交集。

当你找到自己的位置时，你终究会发现，原来你已经早早地与这个世界融为了一体，生活是那么的酣畅淋漓。

我们总会深陷于水深火热之中，一边接纳新鲜事物，一边努力推陈出新。

有时，我们会为自己的错误判断而埋怨自己，后悔不已。

有时充满激情，却被人泼了冷水，从头再来。

有时永不懈怠，只想向前。

有时只想成长，却忘记了过渡还需要时间。

后来，小时的优点变成了长大后的缺点，我们只能在记忆中自惭形秽。

如若光影辉煌，请孤身前往。

如见痴情的恋人，共度诗雨画廊。
如见初春的萌草，俯首天地长。

有些人喝杯咖啡半个钟头，有些人系完鞋带回头就走。
他们是在告别，让你去远方，孤身前往。

如果在不同的经纬度遇见了同一个人，那你得感谢上天，那是在教你不负春光，勇敢前往。

人生不长，你没有使命感也不用怕，但要学会追求，要追求完美，在懂得上进的世界里，你要上进，不论怎样拥挤，也要去拯救这个世界。

匆忙的溪水悠悠流淌，薄情的乌云慌里慌张。
浮云漫过星空，落下踱足的投影，遮掩着前行的细水长流。
如若春光依旧在，请孤身前往，不负春光。

当

你

青葱的小路，昏黄的书房。曲径通幽，偶尔还能听见布谷鸟的啼鸣。

书房不大，但有诗与远方。

这里有很多故事，我还没有讲，当你困惑不已，前途迷茫时，来找我，我会讲给你听。

当你因为小事而沾沾自喜，激动不已时，请给自己一个响亮的耳光，让自己清醒知道，前方的路还很长。

当你被如潮的人群淹没时，不要因为洪流湍急而改变方向，在拥挤的人群中大声呐喊，原来我和你们不一样。

当你不时回头，也许你会看到许多人正对着你驻足仰望，那时，你就是他们的榜样，他们也会和你一样，随心走，走自己的路，去远方。

远方的定义有很多，也许到达下一个站牌时就已经到了终点，不过没有关系，远方很远，由无数个终点组成，你只是到达了某一个远方，仅此而已。

当你落单，暗恋他人的时候，看见人们成双成对出现时也不要感到慌张，也不要太在意，不是你不够好，也不是你的处世有了问题，而是上天在让你等另一片落叶，像你一样。

也要相信，两片落叶的光芒总会胜过骄阳万丈。

当你感到悲伤，感到绝望的时候，你要看着镜子，捋捋自己的头发，看是否很长，如果很长，请剪掉，那些落发就是你的烦恼，你的庸人自扰。

走出去，让世界给你一个大大的拥抱，也许些许的安慰会让你回归平常，忘掉忧伤。

也请你去海边，捡起我丢掉的漂流瓶，里面有一张信封，里面有我的正能量，送给你，希望你能留下，忘掉忧伤。

当你忧愁，没有方向时，记得叫上三三两两的朋友，喝一壶小酒，酒精度不要太高，喝得也不要太多，尽兴就好。

当你写不完作业，熬夜加班，抱怨的时候，想想前人走过的路，他们比你更加的不容易，你没有什么好抱怨。

愿你安好，不负晴天。

当你奔赴光明，我愿随你前往，追随韶光，去看山间羊群，去听溪间传唱。

我不希望你有一天能惊天动地，只要你过得比我好。

夜晚如果你睡不着，记得给我发短信，我随时等候，不关机。

满目尘埃，江湖再见

我走了很久，以为走过了荒无人烟，人心煎熬。

看向远方，才发现终点依旧光辉黯淡，人心依旧惶惶。

以前只想走一段山路，一个人走，害怕体力不够，渴望遇见驻点，停下来歇息，喝口水再走。

后来，走的路多了，只希望一直走，不要回头，步步向前。

总有一段路需要一个人走，总有一场雪下不完。

故事未完，敬请期待会成为岁月中新的期盼。

迷失的人总会在某一个不经意的时刻出现。

那时，你们已为陌生人，即使对视，也不会擦出火花。

你们的相遇是一个周期，离别之后，人生处处是起点，也渐行渐远。

从此，江湖相忘。

生命中总会出现那么几个重要的人，陪你一起走。你们可能走得越来越近，也可能越走越远。

生命是场旅行，熟悉的人越走越远，成了陌生人；陌生的人越走越远，逐渐杳无音信。

还好，有些人会江湖再见。

我希望走过清晨附带光芒万丈。

我希望路过黄昏大雨倾盆。

因为这样，我就可以在清晨与你开无数个玩笑，陪你走一天。

因为这样，我就可以为你撑一把雨伞，陪你走向天黑。

把所有的不甘落寞都忘掉。

你是否还记得这个世界上有这样一个人？

看见晨曦想起他最爱的颜色，看见冬雪想起他送你的围巾，听见熟悉的歌谣想起他。

不能说你爱他，至少他是你生命中重要的人。

他给了你唯一，别人无法企及。

满目尘埃，看不清前路。

如果旅途遇到知己，记得抱怨路难走，也好让他人知道你过得不如想象中好。

假装很好，失去色调。

走得多了，才发现生活还是老一套，一直生活在煎熬中。

故事总是没完没了，相忘于江湖，曾经再伟大也会变得渺小，也因为如此，我们逐渐失去理想色调，只剩下灰白调。

我们期待无数个起点重新启程，伴着晨曦，走向光明，我们渴求自己在这条光辉路上越走越远。

后来发现，无数个起点铸就了无数个终点，我们越走越远，离终点也越来越近。

生命中所遇到的际遇反反复复，迫使我们从这座城走到另一座城，从黄昏走到另一个黄昏。

我们步步为营，到头来才发现，生活其实处处是布景，我们只是扮演着别人演绎过的角色。

我们放弃了很多，终有一天，连自己也放弃了。

你懂的，我记得，全都汇聚，遮掩着地平线即将落下的夕阳光辉。

等云层漫过山峰，等青衣遮蔽莲草。

阳光划过子午线，岁月泛黄，点滴回忆映起午后时光，泛起淡淡茶香。

我是路人，路过你的江湖。

如果有缘，那，江湖再见。

陌生人，好久不见

在晴天，下起了一场小雨。

在雨里，我遇见了你。

我走向人群，对你说了一句，陌生人，好久不见。

我们错过，不是我不想再度记起，而是，我想碰到下一站的你。

是知己，错过也会再次相遇。

我们唱过大胆的歌，用旧的 CD 放过歌曲，那是岁月的胡琴，被流年吹动，在空气里追忆，让我们听见从前的声音。

夜夜笙歌，如今，听不见任何声音。

原来，岁月像过山坡，歌曲也分善恶。

路过湖泊，被烈风折磨，不断进行自我怀疑，忘了剧情中的所有的关系，听见了熟悉的声音，只是早已生出不想再见的心，只想说后会无期。

我们离去，好像故事从来没有发生，我们只是活在别人的故事里。

原来，人从来不分角色，只有错过才会明白，哪些人值得我们注意。

　　故事到最后才发现没有完美的结局，有那么多的不如意，何必放在心里。

　　你我转身之后，再无交集。

　　能看见你的身影，再听一句好久不见，足以刻骨铭心。

　　从我的世界走过，在以后的日子里不用担心我。

　　我们是过客，不是红颜知己。

　　我祝福你过得比我好。

　　我希望你有喜欢的人伴你，在日出时一起欣赏我们看过的风景。

　　即使熟悉的画面里，换了角色，没有曾经的知己。

　　掌中的细纹，被岁月拉长，失去了永恒的定律。

　　伤痕愈合，成就了现在的你。

　　伤痕依旧在，会画在心里，刻骨铭心。

　　来得太晚，所有与你相关的故事，都已经变得再无关联。

　　等别人告知即将与你相遇，你们迟早会后会无期。

　　孤身一人，路过无人的街角，我想遇见很多人，即使陌生也愿意。

　　世界上总有一个人在晴天等你，等你变得陌生，等你变得成熟。

　　那时，他会穿越人群走向你，对你说一句，陌生人，好久不见。

　　被红尘抹去了琐碎记忆，被光阴洗礼，你会变得比以前更加爱自己，爱一个连自己都感到陌生的你。

与你相遇，即使错过，也算一场生死电影。

你会比我先走，但我仍然会记得你。

等再次遇见，我会再次问候，陌生人，好久不见。

与世界为敌，不过是你不甘心而已

活久了，你会发现种种的不如意，你会因此失落沮丧，倍感压力。

直至有一天，无可奈何，与世界为敌。

因为你的弱小，你开始慢慢融入群体，逐渐成为朋友圈中不可或缺的一部分，逐渐被人注意。

渐渐地，你也开始清楚自己的重要性，自己的无可替代。

在某一个固定的场所，你的出现会引起某个人或者某群人的注意。

他们需要你，需要你的人生阅历，来给他们指点迷津。

某段时间内，你会显得很亢奋，处处体现着自己的价值与重要性。

原来，自己某一天也会成为主角，你时常在想。

突然有一天，你身边的人——消失了，不再联系。

你会感到格外慌张，那份执着也突然消失了，你感到失落，一种莫名的孤独感会涌上心头，突然发现自己无依无靠，仿佛整个世界只有你一个人。

失落，沮丧，痛哭。

后来，你重新找回了曾经的执着，与世界为敌。

认真久了，别人会说你是个极为不合群的家伙，说你孤僻傲慢，甚至生性贪婪。

你会犹豫，踌躇不前。

不要在乎，即使对你说话的人是你的红颜知己。

你是你，但你不是当初的你。

久了，歇会再战。

败了，重整旗鼓重新再来。

不要抱怨，这都是你的选择，与他人毫无关系。

战久了，你会很累，累到疲惫不堪，甚至会睡三天三夜。

也许你会抱怨不公平，也许你只想着证明自己，胜利与否，毫不在乎。

睡醒了，继续保持战斗力，毕竟，在你的理念里，胜者只有一个。

你期待一五一十的生活，但常常畅想不一样的生活，我要过得不一样。

你会有许多梦想，你会一个个讲述给别人听。

有时你会以纸条的方式写给能保守你秘密的人，让他们见证属于你的奇迹，你会说出十年或者二十年之后再见证奇迹之类的话语，让时间去见证你的承诺，并让对方睁大眼睛，看你的一言一举，看你怎样脚踏实地地实现梦想。

你心里会想，看我这么伟大，我的梦想别人想也不敢想。

也许，别人会和你持相反态度。

你会经常对着镜子说，做真实的自己，即使周围人都变了，自己也不能改变，即使与世界为敌。

因为固执，在前行道路上，你会犯许多的错误，你说年纪还小，犯错也在所难免，无所谓。

可是你已经告别童年很多年，那些假话不过是在自欺欺人。

渐渐明白，对于外在存在的东西，你无能为力，开始妥协，顺其自然。

慢慢变得妥协，周围人开始接纳你。

渐入佳境，也不过是别人的恩赐与你的妥协。

按部就班，是一个人堕落的开始，挣扎久了，你会和其他人一样，每天过着条理十分清晰的生活。

故事每天在不断地重复上演，吃饭，睡觉，睡觉，吃饭。

时间就这样地，慢慢流失。

故事会越积越厚，与你当初的愿景正好相反。

也从此，所说的与世界为敌，也换成了一句我不甘心。

你失败了，你会重新写许多剧本，只是更多的你不是为了取悦观众，而只是为了安慰自己，平复内心。

一条路，走远了，终究会走到尽头，看到世外桃花。

一溪水，看远了，终究会海阔天空，遇见万里彩虹。

事实总会验证你的错误，你选择的错误，不是因为你不够努力，而是你选错了对手，无能为力。

最后一线的夕阳红，被无数人记在心里，只是关于那个梦想，再没有被人记起。

你以为你会走得很远很久，超越光阴，可是还没有到尽头，你就已经停步不前，毕竟挣扎过后，你还是你。

你说你不甘心，可是再没有从前的勇气。

后来，没有人会在意你的勇气，更多的只是看你处事的底气。

被琐事烦扰，渴望惊醒，但愿只是虚惊一场。

梦惊醒时，花已落，谁会懂得英雄出处，庸人自扰。

一切不过，自作多情。

就

我们还是像以前那样，
孤独地活着。

像众人那样，随江流游走，随烟雾散去。
没有找到任何适合自己的东西。
没有找到大千世界中，真正的生存方式。
像极了一个傻子，躲在某个角落里，不敢说话。

藏久了，就会害怕更多。
你害怕你在意的人突然没有音讯；
你害怕你最喜欢的便当有一天突然关门；
你害怕你被万人嘲讽；
你更害怕你的身边没有朋友。
全然不知的自我毁灭，是对生命的黩武。
毫无生气的自我感觉良好，是对自己的骄纵。
如果你认为自己一无是处，一生只能这样。
那，你还不如躲在某处的黄昏中。
随日光而逐渐消沉。

当你发现某天你充满力量了，觉得自己行了。
你才敢认真而坚定地站起来。
其实，那时候已经晚了。

别人的勇气比你更早一步，
别人的眼界比你更阔一些，
别人的想法比你更深一些。
而你，注定是个失败者，
不是因为你懦弱，
而是因为你犹豫了。
就在千分之一的时间中，
总有人比你更快一步。
也在那千分之一的时间里，
别人比你多走了一步。
而正是这千分之一的时间，
让你再次成为平凡的人，
回到最开始的时候。

那，就放弃吗？

放弃，永远是一个有良知的字眼。
它代表的可能不是失败，
可能也不是绝望后的自我颓废，
而是一种无与伦比而有极深刻意义的意向。
它是在让你找寻另一个光亮，
另一个出口，
另一个可以改变你的时刻。
在你未达到成功之前，
放弃永远是你的收容所。

那，一切被安排，
我们还用继续走吗？

答案毋庸置疑。

人生在向前，

时间在向前走。

我们在向前走。

我们走着一条平坦的路，

走着一条只属于我们的路，

即使卑微，也要向前走，不要回头。

因为，这是你的决定，你的信仰。

即使失败，

也要学会看到自己的成长。

你是万人中的花蕾，

万人的眼光铸就了现在的你，

你需要给予自己勇气，

也需要自己去看新的风景。

去某处楼台看天光，去某处海洋看细浪。

更需要翻开日记，

看过去的自己。

而当你合上日记的那一刻开始，

你就需要重新证明自己。

去远方，坚持自己的理想。

即使孤独，也要学会躁动。

孤独感

你有多久没有对着镜子看过自己。
笑着面对抑或是哭着面对。

你在人群中走得不急不躁。
像极一颗星，出现在光明与黑暗中。
是光明中微不足道的一个，也是无尽黑暗中最为闪耀的一个。
属于星辰，也属于苍穹。
最终会陨落。
不过，来过，出现过，就足够勇敢。
也足够骄傲自满。
毕竟，你是万千中的唯一一个。
也是唯一中的万千花蕊。

你出现在丛林中，成为了猎人。
你拿起武器对着目标，你期待自己存活。
没有人说，也没有人记得；
没有人在意过，也没有人说自己来过。

我们成长着，也与自己的梦想渐行渐远。
我们去过很多地方，

但是唯一且始终没有去过的地方叫作未来。

当你梦想有一天会为了自己的生活而不断向前时，
你才渐渐明白，
你去到的地方都是孤独的。
你出现在沙漠中，像极了沙漠中的一团微火。
在寒冷的夜中，
盛开以及自我毁灭着。

你遇见了一个人，发生了一些故事。
你想做故事的传唱者，一直进行下去。
到最后才发现，自己的懦弱和无能为力。
你没办法改变很多人，有时你可能连自己都改变不了。
于是你开始退缩，开始自我怀疑。
退缩到没有人的角落，怀疑自己的生活。
你突然发现在这混沌的压抑的生活中，
你是有多么的孤独，
孤独到一个人唱歌，孤独到一个人跳舞。
孤独到你站在茫茫人海中都会发现自己是一个人，
即使有那么多人从你身边走过，走远。

你成为尘埃，成为星辰，成为某处某个不起眼的光亮。
你想得到许多帮助，可每当有人向你伸出援手时，
你却一一拒绝。
不是因为生性傲慢，
不是假装坚强，
而是因为那份孤独感。

你每天大大咧咧，开怀畅笑。
并不是因为你想展现自己有多么的快乐，
而是你想隐藏那份孤独感，
隐藏自己最不想让别人看见的东西。

山路会有崎岖，江流会有曲折。
浩瀚的星辰中隐藏着众多故事，
或许卑微，或许宏伟。
但终究我们是猎人，
在广袤的草原上，享受着自己的孤独。

愿你从容，匍匐前行

有一个地方，繁花似锦，到处芬芳，遍地希望，人们自在安详。

有人将那个地方取名，远方。

听到了远处的呼唤，召唤我去远方。

我发誓即使血流不止，泪流两旁，也要到达远方。

行路坎坷，雨雪肆意击打我的身体，疾病寒冷几近将我击垮，可我依旧拖着残躯，任性前行，只为到达我理想的地方，梦想中的远方。

为何要经历数重磨难，执意去远方。

待在原点，就不会有顾虑，也不必如此流浪。

可我不想这样，只想去远方。

如果你的目标是天空，那么就不要吝啬折断的翅膀，即使残缺也要向往。

目标在远方，那就不必在乎苍穹裂缝，就算折断翅膀，也要拼命奔向前方。

守一份心安，静候一份安宁，即使风雨交加，也要匍匐前行。

你需要一个人去，去辨明是非对错。

你会感觉到孤独，从前的相伴没有了，说话的人没有了，一切都变得好像从来没有发生一样。

别怕，那不是别人刻意躲藏，而是生命需要从容的你，让孤独的你匍匐前行。

你会和同伴周末一起去郊外看风景，即使你已经去过很多次。你也会和他们一起去游泳，即使你不会游泳。你明明可以不去，但是为了证明存在感，还是硬着头皮去了，结果可想而知，喝了一肚子脏水。

你会害怕失去一切，害怕隔壁班级里的女生有一天消失，害怕同伴旅游时而遗忘了你，害怕生活不像从前那般刺激。

你和同伴们会一起去爬山，去野岭，你们会带去许多食物，你也会主动请缨，来背那些沉甸甸的食物，你知道自己其实不想这么做，只是为了让更多的人注意你，和你多说话，觉得辛苦也算值得。

你会假装很轻松的样子，当有人来向你取食物时，你也会微笑应对，热情地面对同行人，你很少提出停下来歇息的意见，不是你体力好，而是你不想让他们知道你很累。你坚持着，没有丝毫的怨言。

你们会一起合影拍照，你总会站在两边的某一个位置，你不想让自己显眼，你只是想让他们记住你的好，你的慈悲。

慢慢地，你变得不再从容淡定，想事情也总是似是而非，你说你很讨厌现在的自己，明明可以不做的事情，却总是自吹自擂，假装坚强。

某一天，你会一个人看着镜子直发呆，看镜子中的你是不是还是从前的自己，想起许多事情，你会后悔，并附带一连串的假设，假设还有如果。

生活中会出现许多不情愿的事情，随之而来的就是一系列不必要的麻烦，你想过得很好，很舒服，生活却强迫你不得不去面对那么多的故事，分担那么多的重量。

不要抱怨，这是成长中必不可少的经历。

你会痴迷一段恋情，是暗恋那种，那时候傻傻分不清楚什么是爱情，你暗恋隔壁班的女生很久，是喜欢的那种，不是爱，你会经常跑到隔壁班级里找同学讲题，找他们闲聊，说的是什么，你其实并不在意，你在乎的只是那个女孩。

女孩在时，你会停留很久，直到上课才会离开，你会靠她很近，偶尔间也会闲聊几句，即使女孩不想理你；女孩不在时，你不会待太久，待的那会儿也只是在等那个女孩回来，能够多看一眼。

暗恋很久以后，你会很想向那个女孩表白，可突然有一天你会发现，女孩其实心里早已有了别人，你会伤心，但不会气馁，你知道女孩喜欢看篮球比赛，于是就自己偷偷地去学习，希望有朝一日能够进入校队，你很想让那个女孩关注你，即使希望不大。

你努力过，但得不到认可，慢慢地你变得绝望起来，也渐渐清醒了，也慢慢地你比以前更加优秀。

不知过了多久，你收到了一份情书，是另一个女孩写给你的，只是没有留下任何的署名，只有短短几句赞美的话语。

那时，你会对自己失望，也会自问为什么不提前出现，害我白辛苦一趟。

也许，那个女孩留在你附近，也许，就在你隔壁的班级里。

你努力过，你不是失败者，你得感谢你暗恋的那个女孩，是她教会了你忍耐，也是她成就了现在的你，让你匍匐前进。

这一趟，你没有白来。

不要在意存在的艺术形式，不用假装看淡别人的眼光。在别人眼里，你无论怎么改变，还是初次见面的那个你。

偶尔头发蓬乱，表情慌乱，也算是经历过人间沧桑，世事荒凉。

当有人夸你时，不要紧张，也不要在意，忘掉它。毕竟当有人贬低你时，你也会觉得很正常。

愿你找到自己的灯光，愿你从容，即使风雨交加，也要匍匐前行。

每一个迟到的惊喜都不过是水到渠成

流动的时光催我们成长，迫使我们走向人海沧桑。
于是在人生迷茫中，循环着绝望与惊喜。

绝望使我们成长。积攒勇气，然后迫使我们向光明再次发起冲击，走向光芒万丈。
每一次惊喜都使我们努力，在属于我们的路上，不断裂骨重生。
只是久而久之，绝望多了，欢喜少了。
逐渐失去人生乐趣，原来那些深渊早已经为我们准备多时。
在某一次拼命向往中，会有人从背后推我们一下，把我们推下绝望深渊。

五月花卉，引来满堂喝彩，都懂花色欣赏，可谁曾想到完美是四季含苞待放的结果，每一个花朵的绽放都是破茧重生。

满堂喝彩引来无数骂意，充满了失落与苍凉。在光辉的照耀下，每一个值得鼓掌叫好的瞬间都使我们格外紧张。

人活久了，会觉得自己与这个世界格格不入，不入尘流。

随心走，也注定咎由自取，各安天命。

于是，变得时常抱怨，时常祈祷。

但抱怨起不到任何作用，与其在陌路中叹息，不如继续努力，奔向一个又一个光辉的场景。

选择某一个方向，向前进，去想去的地方，走想走的路。

走向下一个目标，寻找光明。

每一次孤独与成就，每一次欢声与鸟鸣，每一次失落与懊悔，都让我们在奔跑中更加坚强，催人向往。

后来，逐渐发现，每一次迟到的惊喜都不过是水到渠成。

从此，心跳加快，每一步都走得斗志昂扬。

（一）小角色

每个人都是被飓风扬起的尘埃，在蓝色星球的空气中，飘浮，游荡。

或停落在某个地方，沉寂，静心。

每个人都不一样，以自己的方式存在着。

有些人不甘落寞，继续被风沙吹走，游离在微薄空气中。

有些人静静停落，隔绝着外界的联系与空气，悄无声息，乐于现状。

这是不同人的生活方式，没有正确与错误。

用属于自己的方式存活，就是最为正确的选择。

只是方式不同，定义不同，角色不同。

大千世界里的一颗微不足道的星际尘埃，没有人会在意，你的生，你的死。

唯一的，也是仅存的，在意你的，只是你自己。

不要在意别人的看法，别人的眼光，你就是你。

用自己的方式存活，没有人会比你做得更好。

因为，这是你的方式。

虚伪过梦想，装填过幻想，还有不堪一击的现实抱负。

这些从生到死，从无到有，都在我们身边，存在着。

现在或将来，拥有或即将拥有。

我们只是小角色，做着我们认为最为正确的事情，不断鞭笞自己，这也就足够了，不要强求太多。

我们只是小角色，在喧哗时代里。

重要的不是错过，而是扮演好自己的小角色。

（二）方途

生活需要的不多，有一两个喜欢的就足够了。

喜欢的也不必太过执着，有一两个也就足够了。

无论分享，还是附和。

我们虔诚信仰，信仰时代。

沉醉，流离，迷失，或者炽热。

我们信仰会有一个地方，附有光环的希望。

于是，开始寻找，在时代的象牙塔中，透过镶嵌白金的玻璃看向窗外的世界。

视线环绕，环绕在时代的四周，无死角地环绕，苛求发现附有光环的地方，可在有阳光的地方，光环只能是一种假想的物质，根本不存在。

于是我们又开始信仰，信仰有这么一个地方，那里繁花似锦，铅华缭绕，人们晨耕暮息，孩童天真欢笑。

发誓一定要用尽自己此生所有的力量，找到那个地方。

可美景终归奢华假象，纷乱我心。

有人告诉我，信仰的背后，是无尽黑洞，没有欲望，也没有绝望，更不知道在某一天的何时，自己会消失在阳光下，被日月星辰遗忘。

我们为此嘲笑，为此冷漠。

在喧嚣声与讥笑声中，然后，一切又开始改变。

尽管始终虔诚信仰，但还是会在某一天的黄昏时分，再没有勇气去信仰，不再有执着的苛求。

于是开始追问自己，自己到底是怎么回事。

是动作过激，思维落后，还是预言得太过彻底。

一直想要找到答案，可是，再怎么努力，也是一样的结局，没有答案的结局。于是又开始沉沦，开始敷衍，开始听无聊的歌，和无聊的人在一起，做一些无聊的事。

再度陷入挣扎，陷入深不可探的沼泽，深陷其中。

无法自拔。

在夕阳中沉沦，或许，就可以在晨曦中洒脱。

在某年某月某日的凌晨，或许，你会突发奇想，勾勒出新的图章，笔记符号，找到你想去的地方。

如果，你真的重新获得了灵感，那，请不要在意时间，不要臃肿心绪，将自己的所感所想记录下来，被纸张记忆收藏，免得被时光蒸发，什么也不是。

（三）笔下

笔下装填的痕，全都臃肿地存在于这个陌生的世界里。

我们所寄存的最美好的事物，在漫不经心中，已经被我们遗忘，飘散在世界的某个角落里。

在不知不觉中，我们发现已经遗忘了它们，于是开始寻找，那些逃跑掉的事物。

或许，它们在不为人知的角落里，嘲笑着我们，等我们去发现。

为了寻找，我们解读着这个时代的独特密码，费尽心思地将自己浸泡在欲望池中。

为了获取有效提示，我们将自己虚伪的那一面隐藏起来，生怕它驱走真诚与信仰。

在漫漫追寻路上，我们尖叫着，痛苦着，怀念着。

只为了让这个时代祭奠我们，让我们记忆过去。

最后，在一阵隆隆响声中，我们走到了路的尽头，想继续走下去，可是在尽头的前面，已经无路可走。

留存的唯一印符只是让我们忘掉追赶，面对现实，不要再回头张望。

（四）一个时代

每天清晨起来，我们都会看到不一样的阳光，不一样的自己。

不一样的面孔，不一样的笑容，不一样的皱纹，就连声音也不同于昨日。

许多人感叹自己老了，时间去哪了，昨天去哪了。

然后在疑问中，又重新开始了自己新的一天。

还是像昨天一样，做着自己熟悉的工作，熟悉的动作。

有人说，昨天永远是一个时代的终结，明天永远是一个时代的开始。

我不能否认，也不能肯定。

　　每一个人都有自己的看法，对于这个时代。就像每个人对于这个时代有自己不同的感觉一样。

　　留恋，迷惘，或者惆怅。

　　如果有自己喜欢的事情，那么对于生活的态度或许不一样。

　　做自己喜欢的事情，本来就是一种悄无声息的坚持。换句话来说就是，如果喜欢，那么坚持就谈不上了。

　　做自己，做自己喜欢的事情。即使整个世界都放弃了你，你也要坚持下去，再等待一个黎明时刻，卷土重来。

　　在绝望中，我们渴望这个时代会出现英雄，出现可以拯救世界的英雄，并希望我们在他的庇佑下，安静生长。

　　但我们没有等到，也不会等到。毕竟每个人都是这个时代的英雄。

荒村，梧桐。

不见，爱已认真

当无情岁月侵蚀毁灭了一切关于爱的传言，留给人们多少哀叹，铅华岁月中，日暮分秒中，又击落了多少炽热的心。

爱错了人，牵断了魂，雾霭尘封的千年之恋，到最终被旭日刺射穿透，幻化归于血雨尘埃的绝笔。

化为尘土，泯于尘埃，渺小到微茫的存在。

错弹了琴，多少铅华过往，多少叹惋留恋，到最终化为落雨，归系于前尘。

（一）听书

醉酒听书，恍惚回到了千年前。

梳笔更砚，墨笔点点。

古墙残生了伤痕，藤枝卷帘寂寞，故事久远，却已忘却前因后果，没人会听。

洞箫诉说秦汉渊源，点化了漫漫狼烟。

千年习武，荒野牧童。

秦兵手中的短剑，划破千年，血雨腥风，可谁人还记得曾经的遍地狼烟，风生水起。

汉服的高雅，华丽多彩，提起雅俗共赏，哪个不认真。无与伦比。

竹简连连，指间寒暄。

庸人自扰寂寞，无奈已过了奈何桥，惹人笑。

爱如果能问道参破，再将故事诉说，镌刻在历史的书简上，传为佳话。

醒酒后，原来前后两千年，再见，却发现故事里面有另一个我。

留恋，却是不见。

泪眼催生迷离斑驳，忘了错过，终究还是寂寞。

听书，一段历史的千古佳话。

（二）无双

万家灯火，绚丽夜华，可没人知道，赏月醉酒，是在等一个人。

晓风残月，引世人相望，谈起传言，所有人都会自觉，俯首称臣。

暗揭了颓唐，又催生了寂寞，岁月游走，谁人会笑，斑驳的石碑。

洞庭，津门。

玉竹，扬琴。

雨落纷纷，在村舍小桥，流水人家，关了东窗，熄了灯火，断了喧哗，只留竹书残笔。

静静聆听，远处传来的琴声。

走过老树，漫过溪水，走进琴声。

只侧冰冷身躯，一支破旧胡琴，在古塔旁，弹起。

淋湿了衣裳，散乱了头发，发簪也落了地，人憔悴，褴褛。

但琴声悠扬，百里之内，无人不听，仿佛是在等谁，要来。

雨后天晴，斜阳落地，人走琴声停。

上前追赶，蹒跚小步，走过阡陌小道，留下斑驳，不见那人，空欢喜一场，繁华不再，只剩残枝落叶，原来是荒凉。

千年泪，孤月痕，听一遍幽琴，转身，落地生根。

点盏枯灯，等一世轮回。

在下一世中，与你，是再等。

（三）奈何桥

桥渡几座，笛音几回。

在尘世中纷扰，转眼是奈何。

清晨走过，水流叮咚作响，花语初章。

空气低沉，断了谁的迷惘，又燃起了谁的旧殇。

本该执着，却落得寂寞。

荒村，梧桐。

不见，爱已认真。

桥渡上的影子蹒跚难回，孤身一人，走在飘雪的黄昏，留下足迹，匆匆忙忙。

或许走着离开，就会永久地消失在历史的长河中。

落叶，卜卦。

无人来，楼宇浮空，书香。

笛声断，水溪流长，竹响。

人走了，桥空了，枫叶肆意飘落，一片荒凉。

这条路走得太过荒凉，无人作曲，无物作响，只有空气，静静流淌。

一切原谅都已成真，故事再更改。

结局，已经不再重要。

盼来年，六月仲夏，在奈何桥旁植满蔷薇，守候寒夜开花，是执着。

（四）菊花园

岁月老，故人笑。

问尘世寂寥。

荣光华发，人别离，聚少离多。

离人远去，而我依旧默默守候，在黄昏走过的江边菊花园。

渴望历史的重新改写，等下一个时光不老的时刻。

我们写下的承诺，是否留在菊花园中，被后人演绎模仿。

年华留下的泪，岁月孤寂的痕，都不加修饰地存留在菊花园的幽香中，等我们去一一寻找。

无所谓卑微，所以我们都受过伤。

我们的故事，传唱太多，闲谈之间已经没有秘密，所以故事的结尾也就没有了交集。

文人墨客的随笔，伏笔渲染，大度铺垫。

无论华彩，也描不出当年的花月娇容，烽火狼烟。

菊花的幽香，弥漫千里。

我沉醉其中。

藏在园中，静静守候。

在菊花园里暗访，隐姓埋名，只为等到最好的你，共惜阳春白雪。

（五）孤芳自赏

这条古街映现着当年熟悉的辉煌。

晨起叫唱，徘徊在老街坊，叮铃作响。

练剑书生，山野牧童，闻鸡起舞，一句话，为了理想。

宋城唐装，秦俑清墨，不一样，清净。

春秋的寒兵，三国的奏章，都一样，留给自己，孤芳自赏。

漫步时光，漫步街巷，除了熟悉的我，都在梦一场。

没人知道唯一的想要，除了散漫，大概只剩下疯狂。

其余的都已经唾弃了时光，等候雅俗共赏。

后悔当年模样，轻狂后的篇章，现在想起，结局还算理想。

分清了格局，细数了篇章，总会自满，切勿嚣张，等待有了理想，再孤芳自赏。

风花雪月的理想，错过了喧哗，只能孤芳自赏。

漫漫箫声，成为绝唱，短暂间又促成了谁的理想。

践踏了花丛，不再芬芳，只能孤芳自赏。

人生如戏

四季如风，

甲非乙：四季如风

路过夏天，留念蝉鸣；路过秋天，留念落叶；路过冬天，留念霜雪；路过春天，留恋春草。

如果能留住四季的匆忙脚步，我愿被冰雪封冻，雾霭尘封，不多不少，一万年。

（一）牡丹上

小城四月，天气微凉，独步于街上，静听雨后声。

雨后，牡丹花开。

三两蝴蝶跃然牡丹上，在牡丹丛中，轻荡穿行，从这头到那头，飞来飞去，荡来荡去。

之后，再自由游荡于百花丛中，也许每朵花的花瓣上都留有它们的足迹，是的，也许。

蜻蜓从百花丛中跳蹿出来，细点着湖水，水波荡漾，悠然拍打着湖岸，在每一个可以触碰到的地方，留下细细波纹。

破旧的老城墙，青藤布满旧伤。

城墙上，听风听曲。

欢愉的曲调，向城外飘去，飘向喧哗中。那些声音，在空气的沉浮下，忽显忽隐。

听到的人被这美妙的声音所吸引，纷纷抬头看向上空，一动不动，静静地看着，即使什么也看不到。

声音继续飘荡，飘向远方，飘向某一个角落，在角落里余音环绕。

可能那些声音是在等要听的人。

站在岸边，在宣纸上描画着这美丽的时刻，还有数不尽的牡丹花开。

柳絮飘扬，待岁月静好，尽落牡丹上。

牡丹花开，是一个时代的开始。

牡丹花谢，也是一个时代的开始。

只是，牡丹只能开一次，要等的人也只有一个。

（二）女人花

春风弄，吹起了万里胡柳，河流奔放。门前叮当回响，漫起了春风的静悄细声，春风得意，何时才会漫步停留，这春日的风光。

待夏夜开放，只为那一朵，绯红女人花。

开放时，终会惊扰俗世。

夏荷作声，随风望，女人花开放。

没人会自甘堕落，留人独品那朵女人花。

风中摇曳，是在等谁来品，四季绯红。

繁华终归繁华，过后自然静默。

等不来人品，一夏摇曳。

究竟等谁来，点那笔鸳鸯红，无人知。

错过盛放，四季终归零。

秋叶旋舞,飘落在红尘之外,等待执着。被人践踏,吱吱作响,有谁能理解曾经喧哗,现在寂寞。

一生只为做夏草春花,秋的色,谁人来求。

冬霜寂寞,都争当夏草春花,冰雪下的问候,谁人来求。

无人来,甘愿寂寞,藏在寒冰中,被世人问候。

红尘中,只有爱过才知深重,女人如花花似梦。

春风吹过夏荷,秋叶卷帘冬霜。

至此,在冰原上,只剩下一朵。

女人如花,花似梦。

(三) 万物生长

清晨,晨曦初现,一缕阳光穿过大气层,穿过树叶间的狭小空隙,照向森林中湍急的溪流,溪流在晨曦的照耀下,波光粼粼。

溪流流向东面,森林的最远端。

一直流向,直到森林深处的那条百尺瀑布。

溪水顺着瀑布的方向下落着,击打着本该平静的湖面,由于水与水之间的碰撞,发出着刺耳的击打声。

有一个老人在湖边的静谧处静静地垂钓着,静心等待。

终于一条鱼上钩了,老人使力将鱼钓了上来,抓住鱼,取下鱼钩,然后将鱼放在竹篓里,看着活泼的鱼跳动着,挣扎着。

生命短暂,心生慈悲。

老人将竹篓里面的鱼放回了湖中,鱼碰到水,浮游着,不久,就消失在老人的眼前,也许,湖才是它的归宿。

傍晚的时候,为了呼吸到氧气,鱼儿露出湖面,呼吸着最温柔的空气,在湖里翻腾着。

夕阳落幕了,繁星满天,月光透过森林,照耀在那平静的湖泊上，在那里，偶尔还能听到乌鸦啼叫的声音，好像在通过空气诉说着什么。

可惜好景不长，一场灾难来临了。

那片森林被台风席卷，没有一棵存留活着的植物。

那片湖也干枯了，留下的只剩下那条鱼的残骸。

从此，那片曾经美好的地方，成为了荒芜之地。

这一切，不是因为宿命，而是因为不能改变。

（四）老钟

有时，时间就像一口钟，再怎么敲撞，也无法让时光倒流。

以前，西山半腰有一口钟，悬挂在专门为它修建的半山亭阁里。

黄昏日出，总有敲钟人，在固定的时间敲钟。

以前钟都是整点被敲响，声音传播到各处，从近水楼台，到几里之外。

每次，人们都会不由自主地抬头看向半山头，有钟的地方。

不知从何时开始，钟声成了他们离家的号角，归家的讯号。

也成了他们区分时间唯一的符号。

时光快了，钟也老了。

不知从哪一天开始，老钟的声音不再清亮了，总有一丝的浊感在里面，原来钟也有年轻的时候。

敲钟人也不再像从前那样守时，总是会早几分钟，或者晚几分钟，才开始敲。

后来。人们也慢慢习惯了，不再纠结于时间的准确性。

依旧敲钟，依旧忙碌。

在日月之间。

再后来，老钟不再响了，敲钟人也不在了。

关于老钟的回忆没有人能够记起。

即使杂草早已覆盖亭阁，老钟生满铜锈。

旧时光里的倒影，还静止在月光下，等所有人去附和，只是每个人都不是以前听钟的那个。

或许，遗忘是对旧时光来过最好的选择；又或许，已经遗忘，什么都不是。

乙非甲：人生如戏

总有人会与我们半路失散，越走越远。

不要抱怨，人生太长，有聚有散在所难免。

如果在睡觉前，你还在想念，请闭上双眼冥想，你走的路，以及别人陪你走的路。

（一）童话

每个人都是过客，讲完自己的故事就走，从未回头过。

当我还是小孩的时候，曾经做过这样的梦。

我梦见自己进入了童话世界里，并成为了童话世界里七个小矮人的其中一个，在那里，我们在一起玩笑，在一起奔跑，无忧无虑。

等我少年的时候，我依旧那样想。还经常和我的伙伴模仿童话里面的情节，吵吵闹闹，排队吹号。

当我上中学的时候，我发现伙伴们已经零零散散，不再一起了，说的话少了，见面的次数少了，牢骚却多了。

当我上大学的时候，要远离家乡了，准备道别时，才发现只有我一个人在，小矮人们已经长大。

我不再吵闹，童话也不再美好。

只是时常想起，时常挂念。

挂在嘴边的童话，不忍说出，害怕说出后，忽然控制不住，潸然泪下。

有一个地方我们都知道，只是那里，早已经更换了面纱，连味道也变得陌生起来。

我祈祷能有一天，和你们共同出现，在童话出现的地方。

（二）一天

时钟滴滴答答，终于还是到了该起床的时刻。

懒懒散散，遮遮掩掩。

起床来，喝一杯热咖啡，伸伸懒腰，呼呼气，向整个世界宣告自己的存在。推开门，走出去，迎接新的一天。

我向往清晨，向往慷慨激昂的格调，还有清晨的呼吸，每一秒都值得我们珍藏。

我在意中午，睡会午觉，也算是对自己早起的补偿，在柔软的床被上，躺下，沉入梦乡，也许，昨天做的美梦还没有完结，还有篇章。

我留恋黄昏，留恋它的每一刻，一天最美的时刻，站在山头，可以清晰地看到夕阳西下，燕雀归巢。

我静待黑夜，期待满天繁星，更期待流星划过，许下自己的愿望，让自己心安。

时钟滴滴答答，时间到了，一天结束了。

想象有很多，要做的也很多，可惜无能为力。

算了，还是睡觉做梦。

固定的时间，固定的地点，有时，连打呼噜的时间都是固定的。

我们不能改变什么，也改变不了什么，能做的就是享受时光，珍惜光阴，但一定要记得，角落里的也要珍藏。

时光很散，剧情很慢，幸运的是我们都在，享受着属于自己的舞台。

不要多求，让自己心安，在自己的舞台上，挥毫泼墨。

（三）大艺术家

他从来没有停止过幻想，一生也只在做一件事情，指挥。

他没有朋友，因为对于指挥已经到了痴迷的状态，除了指挥，对一切都不感兴趣。因为没有人相信他会指挥，在镁光灯下。

从冬天到春天，从晴天到阴天，都是一个样子。

一样的姿态，一样的表情，一样的目光。

所有的这一切，无论冷眼，依旧坚持。

他手中的指挥杆从来没有固定过，他认为好的艺术家不会拘泥于使用的工具。

他爱好雨天，因为那样就可以省略部分音节，利用自然和声，少一些麻烦，也对，自然是最好的指挥家，没有人能够否认。

在往常，他会站在那个满是杂草的高坡上，听风指挥，不论严寒，也不论酷暑，唯一陪伴他的，只有旁边那棵参天的梧桐树，对了，还有树上悬挂的风铃。

手拿着掉落的树枝，开始指挥演奏，在风中。

轻舞，漫曲。

古铜色音符，淡雅着装，还有一束小辫，空中飞舞。

从无到有，从有到无。

所有的他都经历过，但他什么也没有得到，全都是空白。

但他没有放弃，还是像往常一样，站在风中。

时光荏苒，他终于倒下了，在痴狂之中。

没有人知道他是什么时候倒下的，因为没有人记得他。

当人们发现他的时候，他的身边早已长满杂草。

身躯早已被自然风化，被虫兽分食，就连不能吞噬的毛发、骨骸也被风吹得一点不剩。

后人没有办法祭奠他，来的时候空白，离开的时候更是空白。

没有人记得他，记得他的，只有那棵梧桐树，还有挂在树上的那个破旧风铃。

老树早已发了新芽，枯萎的芦花也再次绽放，清晨一样，黄昏如此。

他信仰自然，以自然为生。当然，也以自然为灭。

所有的都在改变，唯一不变的是那个风铃。

依旧风中，摇摇晃晃。

（四）老巷

天晴了又阴了，月升了又落了。

在我们的记忆中，那条老巷，不知还能通过什么记起。

小桥弄堂深处，那条最爱的老巷。

有太多的记忆躲藏在那里。

玩耍的记忆调皮地印记在老巷的古墙上，伤痕累累地展现在我们眼前。还好，爬山虎贴紧着老巷的墙壁，为的是让我们忘记老巷的旧传言，以及我们糊涂的画面。

老爷爷给我们说过的京剧片段，不是没有看见过，只是岁月变迁，不知现在是否还有人继承表演，唤起我们对老巷故事的回忆。

巷头的杂货铺不知是否已扩建成了大商场，供给人们购物更多的选择。小卖铺的那个老式电话，不知我们回去是否还能看见，旧时光里有多少思念是通过这个电话传递的，数也数不清。

那棵大槐树下，是否还有人在下棋抽烟，旁边人是否还在喋喋不休地议论棋局，扰乱下棋人的思绪。

曾经放风筝的孩童是否还会回到老巷中，陪伴现在的小孩去空旷的地方放风筝。

晨起的居民是否还能在那老亭中歌唱，分成两边，轮番上场对决，让人们想起从前那精彩的画面。

也许，会验证那句，岁月不老，年轻不散。也许，还会验证，我们激情上演，忘却已老的容颜。

打太极的老爷爷是否还在黄昏时分出来锻炼，用拳脚动作证明，坚持锻炼，身体康健。

老巷里的人，不知是否还能记得我们，曾经的调皮少年。

离别老巷后，它是否还像从前那样，始终是我们心灵的归宿。

当我们忆起从前时，或许已经证明了我们一直都在，从未走远。岁月向前，能够记住我们的恐怕只剩下那条狭长老巷，永远值得我们去记忆怀念。

（五）花衣姑娘

花色上衣，花色裤子，就连鞋子也是花色的，人们习惯称她，花衣姑娘。

花衣姑娘总是一个人，可是她总是对其他人说她不是一人。

每天，花衣姑娘都会去河边的那个小桥走走，从这头走到那头，又从那头走到这头，来来回回。

清晨，晌午，黄昏。

年年如此，月月如此，日日如此。

花衣姑娘说她喜欢这样的生活，喜欢无忧无虑，这样就可以与天地为伴，看溪水流长。

但没有人知道为什么她会这样，以前她有着所有人公认的好人缘，无论是大人小孩，见了面总会打招呼，问候。

但现在，除了给那座小桥问候外，她再没有问候过其他人。

所有人都认为她疯了，只知道那座小桥。

无论流言蜚语，她知道她还清醒着，没有疯。

只是在等一个背影，陌生的身影。

记得从前。

一天黄昏，花衣姑娘来到小桥这里，欣赏着一天最美的时刻，就在这里，看到了一个陌生的身影，只是距离太远，看不清楚。

一天，两天，每天都是这样。

花衣姑娘在小桥的这头，那个身影在小桥的那头，彼此谁都不认识谁，也就没有打招呼问候。

从此，小桥上多了一处风景，在小桥的这头，和小桥的那头。

直至有一天，那个身影不再出现，永远消失了。

但花衣姑娘忘不掉那个身影，还是等待着。

黄昏是一天的结束，但对于她来说，黄昏是一天真正的开始，因为她在等那个人，等他们约定的黄昏。

也许注定，等到他才是开始。

也许注定，等到他会是结束。

爱过，人间悲剧。

未爱，世间喜剧。

或许没有人做错，又或许所有人都是错误的，在爱情面前。

花衣姑娘还是像以前一样，在小桥上走来走去，从这头到那头，又从那头到这头，来来回回。

我还是我，我们还是我们

　　总在茫茫人海之中张望，在那人群之中寻找，渴望寻找到一直要等待的人，于是，努力地通过镜片看向前方，不露痕迹地张望。

　　等待着一个人的出现，等待可以忘掉自己是一个人。

　　可是，等了很久很久，还是自己一个人停留在原点。

　　如果一个人可以很好地生存下去的话，为什么要等待另一个人的光临。

　　如果等到了另一个人，这个世界是不是已经遗忘了我不再是一个人。

　　如果我说我不是一个人，怎么才能很好地忘记自己不再是一个人。

　　可能，一个人的存在，总是寂寞。

　　也可能注定一个人的旷野，遍地忧伤。

　　人生最痛苦的事情，莫过于见一些自己讨厌的人，走一段自己不愿走的路，做一些情非得已的事，或者爱上一个不可能的人。

曾经我们说爱一个人的时候，会觉得一切都是理所应当的，故事会在不知不觉中顺利展开，春暖花开。

但慢慢地，经历了所有的误会，不幸运之后，起初的勇敢会变得怯弱起来，存在感也变得可有可无。

被屡次击打，久而久之，你会变得沉默寡言，不苟言笑，甚至胡思乱想。

在这种情况下，我们会选择放弃，选择自己最不愿接受的结果。

过尽千帆皆不是，仔细想想，是不是自己的世界太过狭窄。

后来，当我们决定放弃的时候，才发现，我们在爱一个人的时候，只是爱上了那种爱与被爱的感觉。

那种感觉存在时，会觉得周围所有的事物都是高雅艺术；当那份感觉不存在时，一切又会回到当初的起点，再次孤单，再次索然无味。

不甘，却是自己选择放弃。

甘心，仿佛自己上当受骗。

于是，慢慢总结，慢慢地反思，想象过往琐事，回味着过往云烟，突然，当你某天真正想通时，你会不自觉地从嘴中蹦出，哦，原来，这就是当初的我。

是故事总会有结尾，毕竟，我还是我，我们还是我们。

我们害怕激动在行动中消亡，害怕年华在一声不吭中流走，也害怕皱纹在不自觉中生成。其实，我们只是害怕自己老去，但一切看起来都是顺理成章，因为没有人能够敌得过岁月铅华。

孤独老去，情非得已。能告慰我们的就是当初的那份初心。

别人对你造成了一千点伤害，会让你成为一个可有可无的人。也许，有一天，你会成为第一个离开的人。

因为你，可以被替代。

做对了的事早已经不记得，可犯傻的事记得比谁都清楚。

后来，在不知不觉中才发现，原来我们不太善于制造惊喜，而是偏执于伪装。

在某一个可以被称为永恒的时刻，我们学会了伪装。

为了证明自己有多么爱一个人，从早到晚处处炫耀，空间说说，朋友圈，微博，凡是能够引起他人注意的，都成了自己炫耀的地方。

忽然有一天，让对方看见了，对方只说了一句话，就从此人间蒸发，删掉了所有暧昧的话语。

"我们不是一类人，还是天各一方。"

用尽心思去计划某一件事情，用心去想，真情表演，可得到的结果往往不在我们写好的剧本当中，想要以突发事件来处理，也才发现，故事的发展已经超过了我们的预期，不能掌控。

只能等待故事悄悄结束。

想要忘却，可是发生过的已经成真，连妄想也已经潜逃。

逐渐地被这个世界驯服，逼着我们回到了原驻地，再次成长。

后来，我们都一样。

当你某天喜欢现在的你的时候，你就不再去取悦他人。

也许，朋友，我们都一样，何必取悦他人。

我们总是踌躇满志地迎接新的一天，也总是失魂落魄地回到原点，再次祈祷明天会更好。

人会慢慢长大，也会慢慢地懂得是非对错。
每个人都会失败，这是理所应当的，只是很多人都一样，缺少接受失败的勇气。

有些人和你的目标一致，却捷足先登，不是因为你做得不够好，而是因为你把事情想得过于复杂。
有些人比你的目标小，你嘲笑他的目标不够宏大，后来那个人比你先实现了梦想，这不是因为你的能力不够强，而是因为你走过的路没有脚踏实地。

失败后，总是对自己说，没事，跌倒了可以再爬起来，失落了可以再次兴奋起来。
带着这种信仰，我们过着每一天。

刚开始时，我们踌躇满志，把每件事情都做到了极致。
后来变了，跌倒了再没有站起来的勇气，更多的只是坐起来，挪挪地，即使匍匐前进，也好过一蹶不振。
失落了，看一本无聊的杂志，被某个作者的话语所感动到，又再次痛哭流涕，原来兴奋也是万不得已。

说好的兴奋瞬时荡然无存，而后变得更加失魂落魄，对自己说，没有关系，我会好起来的。
听了一遍张信哲的信仰，希望自己能够重新树立信心。可没有想到，到最后竟然也会因为世界的过于复杂变得一声不吭，信仰也荡然无存。

朋友，如果那样，请原谅自己做得不够好。

我们总有一天会停止玩闹，与世界平行，不要把这个当成儿戏，其实你与世界不过短暂分别而已。

我们横冲直撞，我们画地为牢，我们每个人都不一样。

因为我还是我。我们还是我们。

第二幕 —————

春风十里不如你

当你悼念芳华，或许我已经在通往花季的路上，赴你最后之约。

春风十里不如你

荒僻的城市里面，藏着不知多少悲剧。青松枯死路边，门被风吹起，写尽了无尽荒芜的诗意。

有人会问，这是哪里。

曾经的繁荣颠覆了该有的传奇，故事很多，只是现在只能为这里奠基。

被花开刺激，被日落洗礼，消失了从前的记忆。

这里有猎人，他们也动过情。

以为猎人会消灭动物的生死相依，原来猎人也有柔情，被哀号感动，转身离去，消失在荒僻的城市里。

在这座城市里面，你听不见我的声音，我看不见你的踪迹。

我们交换过信仰，如今，你带着它乘风远去，而我还在原点等春风十里。

即使，春风十里不如你。

习惯把爱埋进土壤里，许愿生死相依，用泪水浇灌，日月轮转，成熟后，在有你的雨季，开花结果。

不自觉地就会勾勒出一个与你相遇的场景，只是被风吹去思绪，被雨干扰了情趣。

　　熟悉了故事的剧情，只是岁月挑剔，终究还是改变了故事的格局。

　　不过没有关系，我已经将祝福托付给了日月，让你听见，我在想你。

　　我错过了车马风铃，错过了高山流水，也碰到了时间沧桑，遇见了岁月昏黄。

　　我等的是你，春风十里不如你。

　　听见了车马风铃，仿佛听见了你的声音，声音很远。

　　从山涧到湖泊，从杨柳到牧笛，从天之涯到地之角。

　　我会在山涧等你，等你的来信。

　　我们有时间相逢，有空间相依。

　　也许，我们再次遇见，故事不知从何说起。

　　就像那封藏在日记里的情书，早已经被覆盖了灰烬。

　　对不起，我没有交给你。

　　即使，我们曾经走得那么近。

　　我渴望有你的梦境，也渴望从梦中惊醒，听见你的声音。

　　空气中擦肩的声音，还是回荡着那句不离不弃。

　　在沉默中忘记，被爱憎恨的曾经。

　　和你有关的故事，我会一直藏在心里，用心脏包裹，用血液浇灌。

　　我会突然听见你的声音，在微薄的空气里。

　　只是，在悲情的故事里，没有人会在意记忆。

习惯了忘记，终究没有人会记得起彼此的声音。

岁月沉寂，春风十里不如你。

我会去找你，去你走过的地方。

用笔在枯藤上标记，我来时的路。

用我们熟悉的符号标记，标记你的来路，我的归途。

我会等到日月荒凉，人间风生水起。

他终会来，你要等

赶赴一场石桥的相遇，那里会有人为你弹琴。

你要去，还要等，等一场适时的相遇，那时你还是你，只是你等的不再是浮光掠影，而是良辰美景。

扬一次胡笛，在古城墙上，让等你的人听见你的呼吸，等到有了回信，再去领略不一样的风景。

等一江春水逝去，等一回断桥孟婆汤，完整的故事，从来不会完美，总会留有花絮。

也许那时候，你看见他会绕道而行。

也许，他会追着你跑，许愿生死相依。

相恋的某一天，久久压积在心里的情绪会被释放出来，对于枯燥的爱情，你已经受够了，你从前期盼的场景，是玫瑰香水，你说我笑，可现在你们的爱情就像在演绎动物世界，没有任何的惊喜。

你会宣布分手，也许，一切没有经过深思熟虑，但你的决定，已经宣布，与他自然后会无期。

在对方还没有完全理解原因的情况下，你就已经走远，连最后的再见也没有说。

从此，你们形同陌路。

你们会成为对方手机里的黑名单成员，即使偶然被拉出来，渴望对方的问候短信。

也许，你们会和往常一样，会在固定的时间相遇，只是问候不再，拥抱不再。

你们说过分手后，还是好朋友，可是离开后，说起相见谁都不愿意。

原来，你们之间最大的谎言莫过于此，我看见了你，只是我假装没有看见。

也许，你会去你们经常一起去的咖啡厅，听那些熟悉的旋律，你会克制住自己，不去回想那些记忆，可是你还是会不由自主地去看咖啡厅里留言板上的日记，看那句我爱你是否还在，是否还依旧清晰。

遇见好的，你会强迫自己，不要去想从前的那些事，可是，你做不到，虽然有时会在黑夜里看月圆月缺，数星星，等另一个崭新的自己。

也许，你会后悔分手，如果当初不那么执着，给对方留有余地，现在也不至于天各一方。

总觉得他会回来，送一束待原谅的红玫瑰。可是，故事最后，你没有等到，也不会等到。

于是，你会不由自主地进行自我怀疑，那些年，爱的是什么。

你会忘记当年的豪言壮语，也会忘记当年的心思缠绵，只是你不甘心，不甘心分手，不甘心彼此成为过客。

也许某天你们会在拐角相遇，但你们谁都不会先说话，只是一笑而过，选择性擦肩。

穿行于陌上的荒芜之中，被暗箭刺伤，被苦雨浇灌。

遍体鳞伤，不过是你自作多情，也不过是你咎由自取。

人生冷暖，到最后也会习惯性忘记，被人抬进坟墓，满身苍绿。

你我在韶年相遇，不过是扰乱了彼此的旋律。

如清冷的蔷薇盛开在草原，不沾世俗习气，不落一丝灰尘。

如清风摇晃岁月风铃，挂在经年未修的古城墙上，不脱俗，不稚气。

如火的真情，如水的光影，如岁月喘息。

你们会成为一道亮丽的风景，在外人看来，你们曾经不离不弃。

好久不见之后，你会在忽然间想起，你们约定的时间，周年纪念日。

也许你会去。

也许他一直在那里。

如果你等了许久，仍然未见，请耐心点。

毕竟他终归会来，你要等。

你陪我一程，我还你一世

我将呼唤你的名字，穿越整个古城。
穿越大街小巷，穿过东钟西鼓。
只要你不再悲伤，乐声也会在你的枕畔回响。

时间是你我的信物，我将它栽种培养。
日复一日地浇灌，终于长成了我们想的样子。
你来时光辉灿烂，蝶舞飞扬；你走时，青春不再，满地荒凉。

枫叶未落，红叶未黄，我们守着韶光步步前行。
人生讲求对等，如果你陪我一程，我将还你一世。

剧情浮夸，故事却合情合理。
我很庆幸能够作为你的朋友，阅读你的人生。
我们的故事像作家笔下的清晨，像牧人在边坡放的群羊，
那样春光灿烂，惹人向往。

我们的开篇不算恢宏，过程也没有信仰，结尾不算激情，
但就是这样，我陪了你一生。
在我生命中留下的点点星光，足够闪耀夜空。

不顾一切地生活，不顾一切地去远方，这是你的座右铭，你整天记在心里。陪你久了，渐渐地，这也成为我的信仰。

有些人牵手，有些人放手。

原本相濡以沫的两个人却出现在了不同的路口。错过了最好的相遇，只是让你继续走，在一个更好的时光里，遇到一个更好的人。

牵手不代表一定能走到最后，同时，放手不代表一定要各奔东西，不再见面。

万物有因有果，有正有反，就像罂粟花，美的是外表，毒的却是内心。

在遇见爱情时，我们总会把自己裹藏得很深，披着厚厚的铠甲，装作神秘，好让对方觉得自己刀枪不入，无所不能。这样做的目的无非是想把自己的地位抬得更高，让对方仰望。

有些人喜欢你嚣张的样子，跟随着你，从小路到大路，从冷水到暖咖啡。

有些人讨厌你的样子，所以第二天你红着眼追随，从大路到小路，从熟悉到等候。

有时你也会嘲笑自己，说自己享受孤独。

手机里还存着你发的三十五条短信，一直都在。

偶尔翻看，现在才明白，原来一生只能够爱一个人。

爱得不温不火，才有人愿意一生相随。

相恋不吵不闹，才有人陪你走到黄昏。

分别与欢聚，捉弄与拥挤。

这是我的世界。

奔跑与忙碌，自嘲与自欺。

这也是我的世界。

如果你愿意，我就在我的世界里等你。

如果你愿意陪我走，我将与你一起走，不需要承诺，不需要言语鼓励，只要在任何需要的时候给予一个大大的拥抱就好。

你我相遇，也算不枉此行。

你想我，我，也在想你

有的人突然出现，有的人突然消失，过客来来往往，急急匆匆。

我们想留住，可是我们什么也决定不了，也改变不了他们的轨迹。

以前以为自己无所不能，后来才发现，自己其实什么也做不了，也做不到，承诺多了，连自己是谁都会忘记，承诺与自己相隔千山万水，只能在想象之中。

也对，连自己的事情都决定不了，自己都照顾不好，还在替别人处心积虑，筹划未来，真是多余。

我想改变很多人，后来才发现自己已经迷失了方向，冲不出雾霾。

现在只希望自己越走越远，消失在认识的世界里。

熟悉的路走远了，也逐渐明白，原来熟悉是自己走过的路迹，由远及近，步步回头。

错过的是步步惊心，离开的才是熟悉难忘。

我们数不清自己能够认识多少人，也不知道真正的知己有多少人，就这样在五彩的道路上，看着身边的田野，天边的彩虹，看着远方逐渐拉近的布景。

也会偶尔留恋，偶尔回头，看身后的千山万水，呐喊过的生死不移。

我们路过无数熟悉的场景，场面宏大，充满刺激，也一起淋过大大小小的雨滴，关于青春，在一场场开始与结束的雨中铺开，而后慢慢退场。

在不经意之间，我遇到了熟悉的场景，突然想起了你，以及忘记对你说的那一句，谢谢你，谢谢你陪我一起走过。

停在某一个熟悉的红绿灯旁，突然犹豫不前，没有走，只是看着身边的人，一步一步，一个一个，消失在视线里，看着行人穿行而过却似曾相识的模样。

满心欢喜，因为我想起了曾经的自己，以及曾经的你。

后来只剩下我一个人，才踱步离去，走向对面的红绿灯。

留下的只剩下自己的背影，以及这个世界的灯红酒绿。

掌中的细纹被岁月延绵拉长，因为长大，我们欣喜若狂，在最骄傲的时候，却忘记美好已经流淌在了年少。

走得太久，走得太远，已经忘记原来岁月也有棱角，清醒后，靠着诗歌童谣慢慢寻找，年少时曾经开的玩笑。

回忆那么少，忘记却那么多，我们熟悉的故事被我们拍成了一场场岁月电影，而我们逐渐走向了成熟，走向了昏黄。

好好纪念，好好珍藏，当再次回到熟悉的场景，不要再说童谣缥缈。

临时的味道，久等的末班车，在某一次晴空万里中被我们当成了大雨倾盆。

因为回忆，泪流满面。

我想过无数与你相遇的场景。

大雨倾盆，两把雨伞。

你走向我，我走向你。

光芒万丈，一封信，一本书。

我打开你递给我的书，那本书留下了你的美好夙愿。

你打开我递给你的信，上面写着岁月静好，再见时别来无恙。

后来，我不再渴望这些，只是希望找一个晴天，与你匆匆相遇，哪怕几分几秒也可以。毕竟，我知道，你想我，我，也在想你。

想把你写进我的书里，想把你写成一首歌曲，不需要押韵，不需要辞藻华丽，简单就好。

篇幅不长，只要你知道，我在意你。

我依旧在熟悉的路标下等你，等你来找我，陪我流浪，陪我一起走过千山万水。

可能我们去的地方不多，走的路不长。

但只要你在我身边，有你，就好。

对不起，我爱你。

不论分了合了，还是合了分了。

再见时，都还是老一句。

对不起，我爱你

分了，因为不甘，成了行人中最爱哭的那一个。
一边跑，一边哭。
还一边大声说着，我真的爱你。
然后大雨倾盆。

合了，因为惊喜，成了行人中最爱笑的那个。
一边走，一边笑。
还一边喊着，我是最幸运的。
然后春暖花开。

河流路过山谷，溪流隔断荒漠。
该有的传奇被日月划分，平分了秋色。
分手离开，晚秋时分。
和好相聚，日落之中。

离开时，连一句抱歉都没有说出口，就各奔东西。
欢聚时，没有说很开心，只是互相协助，一起向前。

离开了怀念与拥抱，潇洒与自嘲。

本想变得格外洒脱，重新开始。

不曾想到，在原点走了一圈又一圈，长了一岁又一岁。

偶尔会听见熟悉的声音，回过头张望。

不见，只能对影子深情表白。

欢聚时，从前的记忆被再次唤起。

在我们即将感到失落失意的时候，突然和好，我们原谅了自己，欢聚时，一定要好好珍惜。

愿再见时，别来无恙。

说一句对不起，我爱你。

愿再见时，你还是你。

我还在老地方等你。

（一）夜久岁寒

因为遗憾，记忆中世界的样子永远是落单的背影。

夕阳断落的结尾，花开凝结的痴狂，生命的戏剧性在于它让我们不期而遇，但是能够收获的只是远远的相望和不敢言说的爱情。

星辰留恋日出，但天空早已制定好了规则，将它们的思念封存在流落的黑夜中，并让它们独自徘徊。

于千万人中找到错的人是幸运的，毕竟还爱过。

找到对的人更是幸运的，毕竟还爱着。

一次偶然的机会，好朋友膝盖遇到了倾国，因为这个相遇，膝盖对倾国一见钟情。

从此，膝盖就喜欢上了安静的倾国，喜欢倾国在夕阳落幕时的甜美酒窝，喜欢倾国在晨曦初现时的微笑，总之，关于倾国的一切，膝盖都喜欢。

于是，后来由一见钟情过渡到了暗恋，膝盖暗恋着，暗恋着倾国，但那时膝盖还不知道倾国的名字，只知道自己喜欢，是很喜欢那种。

膝盖用尽了他所有能动用的力量，终于有一天在一个不经意的时候，知道了倾国的名字以及所在的班级。

那天，膝盖狂乐了一天，只是因为知道了倾国的名字，仅此而已。

在那天以后，膝盖发现自己越来越喜欢倾国了，喜欢上了她修长的头发，喜欢上了她奔跑时的姿势。但也因为这些，膝盖觉得自己配不上倾国，每次遇见，只是匆匆地看一眼，也只是匆匆地走过，不留痕迹地着迷。

有一天放学时，天空下起了蒙蒙细雨，倾国没带伞，一个人孤单地站在教室前面，好像等待着一个人的出现。

雨越下越大。

膝盖刚好下课了，准备放学回家，碰巧路过了倾国的教室，膝盖看见了倾国，为了多看倾国一眼，膝盖选择留下来等待，傻傻观望。

站在离倾国不远处的地方，远远地看着倾国，那一刻，膝盖说是他一生中最幸福的时刻。

本希望雨中只有两个人的身影，其他人都是雨中的匆匆过客。

可是，等了几分钟，一个陌生男孩走到了倾国面前，微微一笑，然后为倾国撑着伞，两个人一起走向雨中，越走越远，逐渐消失在雨中。

那一幕，膝盖看得一清二楚，瞬时间，好像时间都静止了，心情也由冲动转变成了绝望。

雨越下越大。

膝盖带着悲伤的心情离开了，他未将伞打开，而是一直紧握在手里，冒着雨前行着，那一刻所有的永恒美好都随这场雨消失不见了，所有的想念也被雨冲刷得一丝不剩。

绝望。

渐渐地膝盖失望了，也死心了，不再激动，也不再那么留恋晨曦与黄昏，一切又重新恢复了绝望与失落。

膝盖的父母亲发现膝盖没有以前那么精神，没有了以前的那份冲劲，变得慵懒，变得沉默。

为了改变膝盖的消极状态，膝盖的父母决定让他转学。

膝盖没有反对，同意转学。

终于还是等到要放下所有的时候，一切都好想带走，可一切都晚了，光阴不再。

走的那一天，膝盖见了我们一面，他穿了一件灰色的薄毛衣，拿着相机，为的是将学校的每一个角落都记录在相机里，更希望自己能够再看倾国一面，为此特意去了倾国所在的教室，并拍下了倾国上课时的背影。

然后微笑着走了，走的时候，天空中出现了久违的彩虹，所有看到彩虹的人都笑着。

又是一个下雨天，放学后倾国在教室外面照样等待着，她环瞄了四周，发现没有人出现，然后从教室里拿了自己的伞，走向雨中，孤独的雨天中。

谁也不曾想到，那个给倾国撑伞的是她的表哥，下雨那天只是偶然遇见的。

所有人也不知道，倾国一直在等的人是膝盖，她知道膝盖喜欢她，等待着膝盖向自己表白，可即使是最后的谢幕演出，也没有等到膝盖的一个声音。

一场风花雪月的爱恨离别，怎奈落得孤芳自赏，暗淡的守候，到最终只换来失意的悲哀可叹。

如果曾经能够在一起，彼此间又能给对方带来什么，是落寂的忧伤，还是混沌的留恋，一切是否真的会像童话世界里的剧情一样，王子在吻过公主后，世界转眼明媚复苏。

这是赤裸裸的世界，童话里的美好只是流年的美好畅想罢了。

（二）错过，就是最好的礼物

有一天，一个朋友跑到我的面前对我说，他找到了新的女朋友，而且比前一个更优秀，更漂亮，觉得找对了，也觉得当初的分开是正确的。

本想祝福他，可他的脸上没有丝毫的欢喜，反而是多了一些忧愁，我知道，他还有话说。

接着他又对我说，虽然现在我觉得我是幸福的人，可是我怎么也高兴不起来，因为我还是无法忘记她，那个懵懂夏天相遇的那个女孩，我的初恋，我无法忘记，也不知道如何忘记，我肯定我忘不了，并问有什么好的方法可以让人遗忘。

听完后，我什么也没说，也不知道该如何去回答他这个问题，只是向他傻傻地笑了一下，没有作一点回应。

很多人都是这样，在茫茫人海中，在失恋后，总会再找另外的恋人，但是我们始终无法忘却灵魂的初衷，忘记最爱的初恋。

有人将这些归为遗忘，有些人默不作声，说与不说的原因都只是因为他们还深爱着曾经。

或许初恋那会，没有优越的物质，没有假期情人节的鲜花，没有超越现实主义的浪漫，但是值得肯定的是那时的我们是最快乐的，没有喧嚣，没有烦恼，快乐地相拥着。

作为男生的我们是幸福的，因为女生总把最好的饭菜留给我们。

作为女生的她们是幸福的，下雨天时，总有一个单薄的身影冒着滂沱大雨给她们送去遮雨的物品，而在雨中行走的人却因为急行快走，淋得满身雨水。

我知道在分手之后，互相都还在想着对方，都在希望对方回头说抱歉，原谅自己。可谁都不会说出对不起，究其原因，就是彼此太过熟悉，也因为彼此间爱得太深，都不想屈服。

最后的结局我们也知道，等待着下一个背影出现。

我们深深地想念着曾经，怀念着曾经，虽然什么也没有得到，但我们痴痴地深爱着曾经，那个斑驳如雨的曾经。

因为曾经爱过，终归离别致谢。

（三）不二情书

该遇见的总会遇见，谁让地球是圆的，转来转去，还是回到了原点。

错过喧哗，只为等到最好的你。

时间，五年前。

那时他还是一个人。

最喜欢做的事是在夜深人静时，独自站在楼台上浅唱五月天的那首《突然好想你》，然后在夜静人静时聆听夜的原话。

最喜欢去的地方是海桥，因为在那里，可以清晰地感受到大自然的声音。

站在海桥上，任来自海面的煦风吹拂，感受自然的伟大和自己的渺小。

"突然好想你，你会在哪里，过得快乐或委屈；突然好想你，突然锋利的回忆，突然模糊的眼睛"在夜中不断重复着，重复着。

只是那时还不知道那个"你"在哪里。

时间，四年前。

他还是那个他，只是那一年，他恋爱了，因为一封情书，他爱上了一个长发飘飘，个子不高的女孩。

在其他人眼里，也许那个女孩不太出众，不值得喜欢。

但是在他的眼里，那个女孩是他的全部，他决定为了那个女孩付出他的一切，要用他所有的一切去爱、去呵护那个女孩。

在那一年，他懂得了什么是初恋，也懂得了什么是爱情。

门前的溪水穿过木桥，木桥上的旗帜随风飘扬。

叮铃的声响在黑夜里嚣张，每一个相互碰撞的声响传向夜空，成为夜的绝唱。

时间，三年前。

分手之后，才突然顿悟，谁是谁，我是谁。

他还是他，只是分手了。

分手的原因很简单，在与女孩相处的时间里，双方都无法给予对方想要的快乐，无法给予对方童话世界里的爱情。

相反，每一次的相处交谈，都以愤懑和伤感作为结束。

最后一次，两个人吵得很凶，并且在很长一段时间里，谁都没有理会谁，谁也没有向对方道歉。

慢慢地两人见面的机会越来越少，电话也越来越少了。

聊天少了，问候语也少了，相应的生气与不快也少了。

再后来，在他们第一次遇见的那个地方，安宁路76号，"婧"字咖啡厅，两人选择了分手。

时过境迁。

那一次，两个人开怀谈笑，没有一点不快，一切仿佛又回到了相恋开始的时候。

两个人以快乐结束了纠结一年之久的恋爱，对于他们，这或许是最好的结局。

分手后，都渴望将曾经淡化，忘掉喧哗。

分手的那一天，下了一整天的雨，但两人都没有仰天痛哭，而是选择笑着离开。

因为他们都觉得，微笑离开或许是对曾经爱过最好的解答。

离开的时候，他再看了咖啡厅一眼，有种预感，还会回来。

冷清的雨，击打在冰冷的秋叶上。

秋叶承载着该有的雨水，徘徊着。

量有一定界限，少一点，尽是繁华；多一点，落地生根。

时间，两年前。

静悄地忘，终会静悄地想。

造化弄人，每一次邂逅，每一次偶然的相遇，都注定会成为生命中的一个个节点。

正是这些卑微的节点，构成了我们生命轨迹中的完美弧线，成为永恒的墨迹。

恋人之间的分开如果注定是一个错误，那么是否还会有人选择分开。如果后悔分开，是否还会义无反顾地选择重新来过。

对于他来说，那一年无疑是痛苦的。

分手以后，他没有找任何女孩。

不是他的要求过高，也不是他的条件不够好，而是在那以后，他已经绝望。

无法忘记那个女孩，那个曾对她发誓要爱一辈子，用一生去爱的女孩。

每天夜里每个睡梦中，都会浮现那个女孩的身影，每一个不眠夜想的都是曾经，无法忘记的都是伤痕。

后来，他做出了一个惊人的决定，要去寻找那个女孩，无论天涯还是海角。

为此他一直在寻找。

打过电话，可是对方的电话号码已经是两年前的，早已经更换了，无数次拨打，无数次已经停机。

想要通过聊天软件来提及关于他的现在，表达自己还想重来的意思，可是没有留下任何的痕迹和记录，无从查起。

他失去了所有可以联系到她的方式，一切都是零。

慢慢地他失望了，但他还是没有停止过寻找，寻找曾经的一切，一切与她息息相关的痕迹。

听同学说那个女孩去了美国，出国深造了，至今没有回来。也听说那个女孩结婚了，嫁给了一个比自己优秀许多的人。

对于那些流言蜚语，他都不曾相信，因为在微薄的空气里，还是能够感触到女孩孤独的气息。

他知道，那个女孩，一定就在离自己不远处，只是现在还未相见而已，只是还未寻找到彼此而已。

他相信终有一天，他会找到那个女孩，会遇见她，然后再次相爱。

如果忘不掉一个人的话，那么请去最美的海，捡起属于曾经的贝壳，聆听贝壳末端的回音。

时间，一年前。

秋风眷恋着细沙，落叶游荡在陌生的空气里，无人理睬，留恋着孤独。

还是没有找到，那个无法忘记的她。

有一天，在偶然翻阅日历的时候，发现离他们分手的时间已经过去了整整两年，是时候去他们曾经相遇的地方了，回忆从前。

安宁路 76 号，"婧"字咖啡厅。

或许在那里，会遇见她。

满怀着憧憬和希望，来到了那个充满回忆的咖啡厅。

还是一样熟悉的味道，还是那些摆设，一样的墙纸画，一样的桌椅，一样的座位，这些都从未改变。改变的只是那些营业员，早已换了一批，客人不像从前那么多了。

点了一杯咖啡，坐在了那个熟悉的座位上，看着四周，一切既熟悉又陌生。

看着窗外来来往往的人群和川流不息的车辆，再抬头看着天花板，看着熟悉的自己，笑着想象着曾经的一切。

忘掉的，失去的，未见的，此刻又都一一记起，在光亮的天花板上看着反射出来的自己，闭上双眼，脑海里一片空白。

咖啡厅的门铃此时响起了，一个熟悉的身影走了进来，看见了他，走了过来。

"先生，你一个人吗？"询问着。

"是。"闭着双眼回答着，只是那声音好像在哪里听过，十分熟悉。

"你还认识我吗？"继续追问着。

这时才睁开眼睛，仔细看着眼前的女士，那一刻他笑了，正是他一直苦苦等待的人。

"你还记得这里？"

"一直记得，从未忘记。"

"你是一个人来这里？"

"对，一个人，一直都是一个人。"

"一切你都还记得？"

"还记得，所有。"

……

在那里，两个人聊了一个下午，咖啡不知换了多少杯，客人也不知道换了多少，话也不知道说了多少。

时间，现在。

繁华不再，终究落地生根。

他努力着，因为现在他要给予那个女孩幸福的一生，为了她必须努力。

黑夜准时降下了帷幕，繁星点缀着夜空。

在寂静的夜晚，他不再孤独，因为有一个人在陪伴着他。

最喜欢的歌曲也变成了《有多少爱可以重来》。

"有多少爱可以重来，有多少人愿意等待，当懂得珍惜以后归来，却不知那份爱，会不会还在；有多少爱可以重来，有多少人值得等待，当爱情已经桑田沧海，是否还有勇气去爱。"

该遇见的总会遇见，谁让地球是圆的，转来转去，还是回到了原点。错过喧哗，只为等到最好的你。

在陌生的城市里面，能找到一个与之交往的人是何等的幸运，能找到一个与之相爱的人又是何等的幸福。

从空白到七色花瓣，经历的不只是一段青春，也不止一个时代。

等一个熟悉的世界，等一个熟悉的记号，等一个熟悉的人。

在时光面前，恋人最大的资本不是情感纠结，生活阻挠，而是再遇见，我，还在。

（四）一生一世

如果曾经只是为了弥补回忆的执着，那未来算什么，我们的誓言又算什么。

一切都随着岁月的消逝变得无影无踪，我只想固执地问一句，

曾经，还能回来吗？

那年，城外小河边的柳树下。

你说你最喜欢的季节是春天，因为可以看见柳树枝随风飘舞，百花齐绽的画面。

于是，我拉着你的小手，走过校园，走过春风，走向花海。

还记得在那片花海中，你追我赶的画面，那么温馨，那么动人，我们躺在那片花海中，看着蓝天，听着春风吹动的声音，闻着花香，茫茫的花田美景将你我淹没。

那时，我们都还小，傻乎乎地分不清楚什么是爱，为什么会爱，看见大人们手拉手幸福走过的场景，认为那就是童话世界里的美好爱情。

记得那年，你十二岁，我十三岁。

那年，还是当年的那棵柳树下。

岁月的变迁下，小小的柳树已经长成郁郁葱葱的大树。

坐在那棵柳树下，你的头紧靠在我的肩膀上，我笑着看着你，你也笑着看着我。

你对我说，希望时间可以停在那一刻，让我保持那个姿势，因为那样我就可以保护你一辈子。

我们彼此许诺要在一起一辈子，不分开。

我折了一条柳树枝，编成了花环的形状戴在了你的头上，代表着我对你的誓言，也相信，终有一天，我会拉着你走进婚姻的殿堂，让你做我的永远，用一生一世的时间去爱你。

记得那年，你十八岁，我十九岁。

那年，还是在那棵柳树下。

我不知道我们已经分开了多久，也忘记了当初是为了什么而分开的。

当再次见到你时，你还是那么的美丽动人，只是你告诉我，你要结婚了，邀请我去参加你的婚礼，去当你的伴郎，我尴尬一笑，看着柳树因岁月残留的躯干，我答应了，也把人生中最美好的祝福给了你，希望你和你的爱人在一起一生一世。

虽然主角不是我，但我为你而感到高兴，毕竟，能看到最爱的人快乐，已经是上天给我最好的礼物了。

婚礼那天，我强忍着泪水，祝福着你，也希望自己能够忘掉你，忘掉你我之间的曾经，毕竟对于你我来说，曾经已经成为了过去式，时光，也一去不复返了。

记得那年，你二十六岁，我二十七岁。

那年，那棵柳树下。

我和我的爱人站在那个熟悉的地方，看着日落的美景，她倚靠在我的右肩，那个熟悉的画面使我顿时想起了你，想起了曾经属于你我的片场，还有那，撕裂天空的我爱你。

虽然，现在我的世界里的主角不是你了，但我依然还爱着你。

记得曾经你告诉我，你来到过这里，很是怀念我们的曾经，你还说，你亲自折了一条柳树枝编成了花环的形状，戴在你的头上，以祭奠你我的过去。

你还说，那棵柳树还在，只是，属于我们的光阴不在了。

记得那年，你四十六岁，我四十七岁。

那年，那棵柳树不在了，取而代之的是高大的霓虹灯。

可我还是经常去那个地方，徘徊在熟悉的地方，品味着曾经你熟悉的味道。

还记得曾经我们嬉笑的场景，还记得你追我赶的画面，还记得我为你戴上花环的场景。

曾经你说过，会用一生去爱我。

我也说过，一生一世不分离。

可是，那仅是岁月许下的诺言，在岁月的考验之下，已经沦为谎言，化为了灰烬，如今，也早已支离破碎。

记得那年，你六十二岁，我六十三岁。

那年，那个我们记忆中的地方整改了。

那片花海也不见了。你，也比我先走了。

从那以后，我记不起来从什么时候认识你，也不记得你到底是谁。

但我依旧记得，我曾经遇见过你。

只是时间我忘记了。

可能，时光也忘记了我。

岁月匆匆，你我只能短暂留住这尘缘的美好。

也只能，用遗忘弥补回忆。

即使最终，我的墓碑上没有你。

彼此说好的一生一世不分离，也只能用下辈子的时间去填补了，但对于我来说，拥有短暂美好的曾经，已经足够了。

如果还有下辈子，我，会奉陪到底。

用我的一生一世去爱你。

（五）之间

这个世界有太多的偶然构成了必然。

因为必然，我们常说着谎话。

我实在找不到任何理由继续爱你，也没有任何理由让你爱我，都不想成为彼此的唯一，那就平行飞行吧，这样，谁也不会欠谁的。

这是阳对落说的最后一句话，说完，就转身离开，剩下落一个人待在原地，看着阳离去的背影。

在毫无征兆的情况下，阳和落分手了。

关于那一天的记忆，两个人都忘得差不多了，唯一可以想起的，就是那一天的天气格外晴朗。

他们之间的故事是漫长的，也是清晰的。

是阳先追求落的。

在经过两周时间的狂轰滥炸之后，没有结果，阳也就收手了，草草放弃了。

发现阳不再纠缠自己后，落反而感觉到不适应了，好像自己的什么东西掉了一样，总觉得缺少了点什么。

之后，落又开始追求阳了，可能是阳为了解自己的心头之恨，两周时间都没有好好搭理落。

再之后，愚人节那天，他们牵手了。

玫瑰，香水，绿林，芳草。

交往的两年时间里，他们投入了最真挚的感情。

落发，残阳，汉堡，指尖。

但结果是他们还是分手了。

那一天恰巧是情人节。

阳先提出的分手，落在三秒钟的思考之后，点头答应了，阳转身离开，落看着阳的背影。

这样的情形对于落来说已经是司空见惯了，每次，在两人吵完架之后，阳都是第一个转身离开的，而每次第一个说出道歉的，也都是阳。因为每次落都会使用一招欲擒故纵的技能，让阳乖乖回到自己身边。

但这一次，剧本重写，阳没有回头，落也没有。

如果真要说原因的话，那就是彼此太过了解，也因为太爱对方了，爱到没有任何理由再继续。

也因此，彼此成了天涯过客。

我不是你，你也终究不会成为我。

爱与不爱能有多少差别，不就是相差一个字，一句话而已。

爱上了，说明我在意你。

不爱，说明我还是我自己，能陪着你，就是我的幸运。

如果再也找不到在一起的理由，那么就平行飞行，那样，谁就不会碰撞到谁，谁也就不会欠谁的。

只不过分手，请别夸大了寂寞。

缘为冰

古巷的笙箫张扬着对星的眷恋。
箫声怯怯，被围困在城南小巷，
出不去。
只留下越积越厚的伤痕。

悠扬的声音传向四方，
在每一个被放弃的角落里回荡。
在每个角落中，
回响着忧思感叹。
然后渗入每个角落中，
印在年久失修的古城墙上。
不作响，不生长。
待青藤挂满城墙，
践踏着青春所有的转身。

再恢宏的篇章也写不出将来，再悠扬的歌曲也编制不了安
排。
在小桥流水人家中，
寻一朵枯萎的远方。

等花开，也在等落叶。

这个世界上没有谁执意等待某人，也没有墨守成规的一眼万年。

等来了记叙，却错过了轮回。

只能等待下次遇见。

也许遇见，

不是为了谁让谁刻意了解，

而是生命中的这一次遇见，注定相随一生。

也许你会在生命中的某一个时候想起，

想起这份遇见。

也许那时候，

你还是一个凡人。

也许那时候，

你已经有人陪，

在成就将来。

这是夏等源的第 101 天。

也是他们约定的第 101 天。

源曾经对夏说过，如果你能够每天围着操场跑步 1000 米，坚持 101 天的话，那我就答应你，和你在一起。

夏没有犹豫，欣然答应。

那时候夏是全校最胖的女生，有两百三十斤。

那时候源是全校公认的校草。

说的那天是开学的第三天，9 月 4 日。

从那以后，不管是刮风下雨，下午六点半的时候，你都会看到操场上有那么一个人在那里奔跑，一圈两圈，两圈半。

那时候许多人都会向夏投来异样的眼光。

有人说，那么胖你还想减肥，哼。

有人说，坚持就是胜利。

也有人说，缘由心生，终究自作多情。

感情这事，谁遇到谁都没有错。

无论谁先遇见谁，谁先开的口都没关系。

重要的是，心为源，相为渊。

缘本为两个字，命运的丝线以及互相问候的角线。

短了任何一笔，都不会发生故事。

在坚持了 35 天的时候，因为长期的超负荷运动，夏还是生病了。

但是她还是在坚持，坚持那所谓的 101 天。

世人的多情大多被所谓的约定击垮，也注定在某一个海誓山盟之后而消失在人山人海之中。

都相信努力会成就远方，但往往在诸事之后，才会渐渐发现远方只是回不到的过去。

承诺不过是缘，终究幻化成冰。

早上打针，下午吃药成了她的生活规律。

因为到了雨季，所以下雨成了常事。

不定期地下，不定期地刮风。

在 75 天的时候，夏对红说她坚持不下去了。

夏说，我坚持了这么久，等了这么久，我已经变了，可源还是那个他，他还是没有变。

红说，那你放弃吗？

夏犹豫了。

等了十几分钟，然后整理装备。

朝着操场跑去。

夏跑过嘲笑，跑过羡慕，跑过自己认为最美好的岁月。

她知道，有些事一旦决定，想回头真的很难。

夏在源的生命中出现了100天，源知道夏每天都在操场一圈一圈地跑。

夏每天都在跑，只是她不知道，源每天都会在角落里，看着她。

陪着她。

按照约定，第101天，那时候操场人很多，因为有太多人知道今天是第101天，开花及结果的时候。

不过那天夏在他们约定的时间地点没有出现。

源也没有出现。

他们好像约定好了一样。

不作声响。

他们在没在一起，没有人知道。

只不过后来，每次他们遇见，都会微笑寒暄。

然后头也不回地向前走。

结局，没有人知道。

不过是烟花散尽的失落感，也不过是繁花绽放的幸福感。

幽寂，在黑色的夜里散发着凝香气味。
缅怀，凝固着小城故事里的所有声响。
缘为冰，
因为等。
缘为冰，
因为冰凌静待绽放花垂，
在生命的胡琴中永生。

缘为冰。
因为世人太过分。
等来爱，却轻易放弃。
等来花开，却执意花败。
时间一晃，
便是一生张扬。
曾向往的远方，
也因为缘，
而流淌在高山之上。

因为认真，
表露出单纯。
然后一切，
归于沉寂。

待夕阳昏黄，风景曾谙：

那时候，你不来，我等你

一个人从黑暗中走向熙熙攘攘的人群，走路摇晃，表情淡漠，假装自己玩世不恭，已经看透琐碎尘世。

不要相信这些表象，其实我只是在努力伪装，我也只是，在等你。

走到一个不知名的街头，多停留了一会，看着人来人往。陌生的面孔，仓促的脚步，忽然想起，那个不曾联系的你。

还记得曾经的再见。

在那始料未及的瞬间，四目相对，嘴角微扬，一切仿佛又回到了当初再见的地点。

还是像初次见面的谈笑风生，还是像热恋中的城池飞鱼，也还是像结局那样的泪流满面，落地生根。

也许偏执想起才是真正的爱过。

走的时候，双方都没有勇气说声再见，或者说是不想再见。

转身离开，不再微风轻扬。

曾经说过要爱一辈子，一生一世永不分离，还发誓要照顾你直到永远，有我有你。

可是现在一切都变了，誓言变成了谎言，爱你变成了不想记起你，努力奋斗也变成了虚度余生。

曾经是那么的遥远，曾经也是那么的快乐。

可是，你我都是时光的奴隶，迁就着时光的作为，拼命生长，可到最后都抵不过时间与距离的阻挠，相隔在冷暖人间。

忘却了尊严，也忘却了时间，只是记得要爱你直到永远。

许多人将这些归为嘲笑，表现刻薄，而我还在守候诺言，将曾经祭奠，任他人轻言淡语。

我知道的永远，而你，我也知道，视而不见。

故事的结尾，早已被命运安排。

我在原地，而你已经化为炊烟，随风烟消云散。

但很幸运，在流年光影的陪伴下，我在最美好的年华里遇见了你。

记得曾经你我擦肩而过，在那陌生的小巷。

你不认识我，我也不认识你。

我们的相遇是偶然，还是早已经注定，我无从知晓。

相遇时，你穿着一件粉红色的裙子，裙子的边沿是白色的花边，脚上穿着一双白色的鞋子，留着长长的头发。我走过时，闻到了芳香的气息,那味道至今还停留在我的脑海中,没有消散。

我走到相遇的地点时，遇见了你，你看了我一眼，我看了你一眼。

但我们都没有停住脚步，匆匆地离开了。

离开的时候，我已经对你一见钟情了，就是不知道你是否还记得那一眼，是否还记得我的容颜。

我在那小巷深处，逗留着，也徘徊着，看着人来人往，川流不息，执着地等待着你回来的身影。

等到光芒照耀，等到炎日煎熬，等到日落雁归时，等到星繁月升时，也等到月落乌啼时，就是不知道等到你还要多久。

小巷的深处，响起了午夜的钟声，钟声回荡在我的耳边，仿佛是在告诉我，该遇见的已经错过。

你消失后，我决定去找寻你的身影。

路过春天的杨柳，看那杨柳依依的样子。

我要睡在我们都知道的田间，和鸟儿一起歌唱，春天的美好。

我知道的永恒瞬间，是那执子之手，永恒不变的誓言，在那早已枯干的荷塘上面，还书写着我们的年轻和任性，亘古不变的誓言，随着湖面解开冰冻，也再次流向远方，我想现在我们的誓言已经长大，在荒芜的地面上流浪着。

路途中下起了小雨，击打着我路过的湖面，雨水化成想念，抚摸着夏天的池塘。

我们一起去过的湖面，鱼儿早已成为它的新主人，它们在水草中，自在地游动着。

雨停了，周围蝉声响起，过渡着仅存的平静。炎热的太阳令人们无法平静下来，将电器开到最大功率，以换来身心的一点平静。在这躁动中，我仿佛聆听到了一些声音，让我去某个地方寻找你。在那里，我们的初衷都在。

趁着年轻，我继续前行，直到找到你，和你一起看那星空的繁星，等待他们长大后，再说我们的誓言。

行走在金黄的麦田里，那些丰收的声音传入我的耳朵，我高兴得跳了起来，旁边还有稻草人戴着帽子，双臂张开，宣示着它是稻田里的守护者，我漫步在田间，知道那些声音的含义，还记得我曾经拉你的手走在那金黄的麦田里，听着我们最喜欢的歌，秋天的味道对于我们再熟悉不过。那片我曾经送给你的枫叶是否还放在你最宝贵的地方，等我打开。

乘着一片秋叶，慢慢驶向寒冷的冬季，秋叶上的痕迹还没有完全消失，冬天就已经将它刻画在封冻中，如果你还不出现，我可能也会被这冰冷淹没。冰冷的风吹在我的脸上，我用双手撮合着，因为我还要向前，追寻你来的影子。你是不是穿上了隐身的衣服，逃避着我。如果是那样，请还给我所有的想念，还有那漫长的四季。

后来，我终于找到了你。
毕竟，我一直在等你。

我们彼此走过相同的地方，又像再见时候一样，终究还是错过。
我记得，那个清风一样的你，还爱着，可惜那个人不是我。
我也记得，平庸的我，站在街头，还爱着，可是那个人终究还是你。
待夕阳昏黄，风景曾谙；那时候你不来，我等你。

因为，我爱你。

待夕阳昏黄，风景曾谙；

那时候，你不来，我会先走

从前我们说喜欢的时候都不说爱，可后来当我们长大的时候，彼此说喜欢的时候，才发现在不经意间，所有的喜欢已经变成了爱，无论谦卑与骄傲，都将在一起，一辈子。

与某个人聊着聊着就突然不见了那个人的踪影，打电话不接，发短信不回，变得不再联系。没有了一切关于她的消息，好像这个人从来没有出现过似的，突然间人间蒸发一样。

于是，我们开始抱怨，开始数落那个人的存在，过去或者未来。

开始回忆那个人种种的不好，种种的不在意。

后来，在一瞬间才发现，我们没有抱怨，只是偏执于想起。

原来，自己早已经将自己的未来置之度外，与那个人绑定在了一起。

久而久之，我们变得慵懒于幻想，执着于抱怨。

突然有一天。你的电话铃声响了，拿起手机，用绝望的眼光看着发亮的手机屏幕，又是一个不慌不忙。

紧接着，电话又突然响起，本来很绝望，突然间却觉得大地回春，莺鸟齐飞。

等的人终究会慰问，一句简单的问候。

然后假装坚强，假装已经忘掉了对方给自己带来的种种不悦，一切都闷在心里，没有说出口，不是因为不想说，而是因为害怕说出口。

能做的只是假装我很好，我很坚强。

画面太真，表演完美，可是表情狼狈，终究还是一个终将被替代的傀儡。

我们乘过清风，走过缓坡，踏过田野，游过湖泊。

如江水浑于溪流，如秋风羞于枯草。

如我之于你，终究散场。

没有什么对不起，故事结局早已注定。

待夕阳昏黄，风景曾谙。那时候，你不来，我会先走。

因为，我恨你。

我们只是过客，不是伴侣

慢慢记性变得差起来，开始遗忘一些人，一些事。

应该记起的，不想记起的，都在遗忘中，变得模糊起来。

有时因为遗忘，会突然感觉到自己有某种超能力，能够在不认识别人之前就知道别人的名字，起初时会觉得格外厉害，有时也会情不自禁地向朋友吹嘘自己的超能力，让别人对自己敬佩。

久而久之，便会发现事情的真正原因，原来那些所谓的陌生人，其实只是过去某个时间段自己不在意的人，那些过客。

他们的名字早已经熟知，同时也已经留在了我们心底。

有时，正走着路，就会有人莫名地从背后碰你一下，在你不知情的情况下。

回过头来看，别人叫了你的名字，微笑着看着你。可你对于眼前的人丝毫记不起，连印象也没有，直到对方细细道出自己是你的初中同学时，你才恍然大悟，勉强想起当初的一些事。

谈笑风生，虽然过去的故事只是勉强记起。

分开时又想了一遍，我们故事里面没有交集啊，为什么他会认出我，在人海茫茫中。

带着疑虑，又继续走着，继续想着。

在完整的生命图中，我们会在某个角落里碰触到一些人，一些故事，那些人可能我们只会遇到那么几次，那些故事我们也可能只会碰到几回，也许有些人第一次碰面就是最后一次的遇见。

有些人也会因为太过熟悉，变得到最后相望而安。

不再遇见，生命中只是多了一个过客，而不是一个伴侣。

这些就像玫瑰花的红色花瓣，盛开，陨落。

价值只在于赠人的那一瞬间，留有余香。

与其偶然遇见，不如绕道不见，起码还能留些怀念。

免得被气氛破坏，甚至懒得怀念。

我一直在你身边，只是，我们不能在一起

暗恋，就像是舞台剧里的哑剧。

表露真情，真诚表演。

只是更多的，我心里默念，我喜欢你。

你心里默念，表演不错，继续努力。

暗恋这份感觉会随着距离的远近而变得若隐若现。

见了，当初的相思封印会被再度解除。

不见，没有想起，一切都会成为灰烬。

这就像愚人节开的一个玩笑，你在明处防备偷袭，我在暗处藏身，随时释放冷箭。

你知道我对你很好，可我也知道，我的身份，不过只能是暗恋着你。

多年后的某一天，你们再次翻出了毕业纪念册来看，那时候他的手搭在你的肩上，你的脸上流露着满意的笑容。

这时，你会调侃自己，原来自己当初那么胖，那么黑。

其实你知道，你真正想说的是，原来我们曾经靠得那么近。

只是那句我喜欢你，一直闷在心里。

为自己的暗恋埋单，只不过青春里多淋了一场不大不小的

雨，也只不过缺了一段可有可无的故事，以及多爱了一个值得回忆的人。

当老的时候，你不会因为这场不知名的恋情而感到失落低沉，相反，你会因为曾经的执着，那个坦诚相待的自己而感到庆幸。

对着镜子里的你请轻声说道，感谢执着的你。

这场眷恋算不上惊天动地，但起码也算是令人动容。

也许，故事的结尾处，你们不会在一起，但起码你会大笑，原来曾经那样喜欢过一个人。

还好，一直留在心里，没有忘记。

人的一辈子会遇到三种情人。

一种在梦中出现，一种现实中出现，而另一种则从未出现。

在梦中，我们可能是疯狂的，毕竟在梦中我们能够幻想，见过的或者未见过的。

梦境本来就是一个虚存的空间，满足着个人所有的欲望，也许梦中的人是你最熟悉的人，也许是在某个地方偶然相遇的，或者说，从未见过的。

在梦中，一切是那么美好。

如风铃唤醒黎明，露珠亲润绿林。

又如甘泉生在沙漠，星辰衬于黑夜。

梦中情人，现实中能够得到或者不能得到的，一切在梦中，都能得到。

与她坐在月亮上，数着千万繁星，讨论着关于我们的故事。

现实中的情人，是一个很麻烦的物种，你不仅要分享时光，还要承受她所有的喜怒哀乐。

但你能得到的只能是现实中的情人，你可以抱怨，也可以骄傲，可能快乐，也可能伤悲。

也只有你知道，爱的是谁。

现实中的情人是话剧舞台上的女主角，精彩片段不是出场，而是谢幕时刻的相拥怀抱。

从未出现的情人，在这里说可能是一种假设的命题，从未出现，从何期待，但事实上每一个人都无比期待，每一分，每一秒，都在期望能够出现，我也一样，等待着每一个可能发生的未来。

我期待，我们能够在黄昏时刻遇见，她穿着粉白色的裙子，从太阳落山的那一面出现，向我走来，婀娜的身姿，哦，原来世间还有如此美丽的人，如果真是那样，我一定会奋不顾身前去问候。粉身碎骨，哼，那就谈不上了，起码我还是一个正常的人，值得我奋不顾身的人，我相信，也不会出现，现在或者将来，都不会。

如果真的要等下一秒，那么所做的都是值得的。

三种情人，三种浪漫与现实。

不同的人，要命的和不要命的。

时常在暗夜的星空下遐想，爱会以怎样优雅的姿态出现，遇见时会伴着怎样柔和的音乐起舞。

我们都愿意等那个未出现的人，即使该遇见的已经错过，也希望自己能够等下去。

等一个熟悉的黄昏，遇见一个陌生的人。

在车水马龙的街头，在繁花似锦的巷尾，独自等待着，等待那个穿过街头巷尾朝自己奔来的人，渴望着他手拿一束鲜花，等待他牵过自己的手，骄傲地穿过人潮如织的街巷，朝着夕阳，那最幸福的地方，骄傲地走过，再走远。

可是我们终究不会等到，等来的也只是繁花尽落，无人的空巷，一切美好只能是酝酿在白日梦中，转眼即逝。

繁花似锦的街头只是庸浮的造作，现实能够给予我们的也只能是扮作绿衣毡帽，独立江头，在孤独中畅想罢了。

也许等到的终会出现，没有等到的，会换一种姿态出现，等待我们去发现。

风轻轻吹过草原，一望无际，我坐在那里，等黄昏走过。

世间情人千万，而我独等你一个。

如此值得。

千^{年泪}

追了千年，只希望看到你的年轻笑脸，可你总是躲躲闪闪，不看我一眼。

我落了一千年的眼泪，伤心了几千年，不知道还要等待多少年，才能等到你那张熟悉的笑脸。

一生情，四世灭。

还是那张容颜，还是那份情义，还是那个曾经最挚爱的我，你一直在变，而我还是那个我，不变的我。

千年泪凝珠的血泪没有变，只因，我，还爱你。

（一）千变

大自然形成之初，世界由许多多元细胞分化而成，这些细胞在经历成长与成熟之后，发育成为完整的生命体，之后成为独立个体，群居生存着，彼此相互依存，相互牵制。

这些生命体群居生存着，每一个族群中的生物，都存在一个庞大的精元生命体，维护着族类的生长与存活。

不同的精元族群生存在不同地方，于是形成了不同的方土。

精元生命体，在自己的方土中守护着方土中的生灵，并同时供给方土中其他生命体能量，维系着族群的生长。

在遥远的森林的一片方土中，存在着这个世界上最大的精元，这个精元存在于一棵庞大的神树体内。

靠着这个庞大精元，神树周围的生命体存活着。

神树控制着其他生命体的生长。

如果神树停止了精元的供给，那么其他生命体将面临死亡性的毁灭。如果其他生命体受到危害攻击的话，神树也可以借助精元的力量，来保护其他生命体不受侵害。

总之，神树就是一切。

不知过了多久，万物井然地循环着。

在森林中，一株落蕊花开始生长，由于离神树的位置较近，所以受到的精元力量最大，生长速度也相应较快。

不久，就成长为一朵成熟的花朵，在神树的庇护之下，静悄生存着。

每天落蕊花都仰望着神树，想象自己某一天也能像神树一样，保护其他生命体。

渴望有一天，自己也能成长为森林中最大的生命体，拥有庞大的精元，维系其他生命体的生存，保护所有。

在渴望之中，在信仰之中，落蕊花发现自己已经爱恋上了神树，在不知不觉之中。

宇宙的力量总是深不可测。

不久，万物轮回。

一切的规律也随之慢慢消散，重新排序。

星辰开始陨落，许多生命体都毁于这场空前的灾难。

为了使其他生命体不受攻击，神树用尽了自己的力量，用树枝围成了一个巨大的保护层，蔓延数千里，将所有生命体包围着，保护着其他生命体。

星辰不知道陨落了多久，神树的力量也不知道用了多少。

为了抵御攻击，能源已耗尽，神树围成的保护层只剩下了最后一层。

终于，灾难开始消去，各自循环，新一轮的轮回开始了。

在神树的保护之下，生命体得以幸免存活。

可是，神树由于受到了巨大的冲击，精元已经快要耗尽，撑不了多久。

于是，在生命的最后时刻，神树将自己体内仅有的精元，分裂给了其他的生命体，自己则在能量耗尽时，结束了永恒的生命。

其他生命体在神树的恩赐之下，生长更加旺盛，有的存活了几千年，有的甚至几万年。

那朵落蕊花知道神树已经死去，但是，她清醒地知道，她曾经受到过神树的保护。

她发誓下辈子要做神树的保护者，保护他。

千年后，落蕊花精元耗尽，结束了生命。

（二）将军令

经过几世轮回，几世的旋转，他们轮回到了一个共同的时代。

神树转世为将军，落蕊花转世为王国公主，也许是上苍的有意安排，会让他们再次遇见。

轮回后，将军早已经忘记了当年的模样，忘记了千万年前的事情，而关于那千万年前的灾难和爱意公主都还记得。

在公主十八岁那年，王国进行了声势浩大的招亲，主角是公主，这场相亲中，主要有三项，一文一武一言，很快，各路诸侯就纷纷加入了这场争夺战中，包括那个将军。

比赛过程中，各路豪强互不相让，将军当仁不让，以绝对性优势，取得了胜利，在文的比赛中，将军也以明显的优势夺得了头名，只剩下最后一项比赛，如果不出意外，将军将作为王国的继承者，统领王国。

就在还剩下最后一项的前一天晚上，皇帝收到了从边关之外，十万火急传来的密函，只见信中讲道，敌国将在第二天发动全面战争。

那一天晚上，皇帝紧急召集了所有的诸侯和将军，准备边关御敌，并且皇帝将亲自督战，准备迎接这最大的一场战争，对于所有人来说，这场战争将是前所未有的。

之所以皇帝要亲自督战，主要是敌对双方的实力过于悬殊，全国上下能调动的人数加起来都不及对方步兵的三分之一，更不用说其他了，任何人都不敢有一丝掉以轻心。

公主留在王城中，遥望着战争的动向，她此刻只希望将军能够平安归来，然后与他一起浪迹天涯，不再受任何的拘束。

没来得及准备，将军就匆匆上路了，就连公主的面容他还从未见过，带着遗憾奔赴疆场，做着最后一搏的准备。

战争开始了，所有人都开始了最后的挣扎。

将军所到之处，攻无不克，所向披靡，毫无阻挠，将军收复了许多边城。

战争不知道过了多久，死了多少人，还未停息。

但很快，战争局面发生了改变，由于双方实力过于悬殊，将军的人马已经所剩无几。

到了最后一战，将军的人只剩一千多人，而敌军有足足三万多的人马，但是每一个人都没有放弃，准备着最后一战。

最后一战开始了，很快结束了，只剩下将军一个人，将军身负重伤，跪在茫茫的死人海中，看着夕阳，被一支快箭直射入心膛，永远低下了头颅。

王城被攻陷了，公主也在一片混乱之中，自杀而死。

这不是所有人所期望的结果，但是命运可能就是这样，造化弄人。

也许轮回是一个错误的选择，但起码知道，我还来过。

轮转了岁月，荒唐了春秋，何时才能追忆到夕阳。

（三）夕阳落

那棵樱花树，清冷地盛开着，随风摇曳，在夕阳的照耀下，尽显一片华丽。

倏忽间，一片樱花随风飘动，掉落了下来，游弋于它从未见过的空间里，慢悠悠地飘落着，徜徉在尘世的梦境之中，静静地继续飘落着，看不出一丝的惊愕，那样安详地飘落着，最终静躺在黄昏的土地上，等待着岁月的风化。

所有人都知道，它一定是在告别芬芳后偷偷地哭泣着，对于它来说，绚烂也只是过去的事，对那片樱花来说，那只是过往的辉煌而已。

几世轮回，几世停休，如果轮回三世终会离别，那可能是他们最后的机会。

时光的隧道将所有的过往都积压凝聚，重新再生。

再次轮回后的新的年代，将军轮回为哥哥，公主轮回再生为妹妹，只是他们同父异母，相遇的时间是在他们十七岁那年，哥哥的生日只比妹妹的早三天，顺理成章，他成了哥哥，她是妹妹。

而此时关于千百年前的故事他们都忘了，没有任何记忆的痕迹。

哥哥最喜欢一个人去江边，坐在江边上，看那最美丽的夕阳风景，听那江流流淌的声音，感受自然的伟大力量。

而妹妹的到来，改变了哥哥。

从那以后，哥哥每次去江边时，都会带上妹妹，一起去看那夕阳晚景。

夕阳是白天的最后时刻，所有人都将它列为失望的时刻，而他们将夕阳看作是希望的时刻，只因为彼此能够在一起看那美丽的夕阳。

可是时间没有过去多久，世界大战就爆发了，带些满腔热血，两个人义无反顾地应征入伍了，走向了最前线，决定用卑微的生命来报效国家。他们奔赴了不同的地方，哥哥作为一个小兵入伍了，冲锋陷阵，妹妹也加入了战争医援部，救死扶伤。

离开的那天，两个人都无比兴奋，只因能够用生命来报效国家，走的时候，妹妹对哥哥说一定要活着回来，再一起去看那江边最美的夕阳。

走时，哥哥送给了妹妹一条银质手链，并亲自系在了妹妹手腕上。

那个手链是他的亲生母亲生前送给他的，原意是让他平平安安地过完一生，现在他要把那条手链送给妹妹，希望她不要受到任何的伤害，平安回来。

队伍出发了，哥哥被分配到了北方重战区，妹妹则被分配到了南方，等候调遣。

也许，战争的开始就已经注定了他们的命运，相见太难。

没有先进的武器，只能靠着传统的战斗武器和顽强的意志去抗击强大的敌人；没有重型武器，他们也只能靠着谋略和死亡率去换取一场场的胜利。

不久，队伍就撑不住了，不得不向其他的兄弟连求救借兵，不久，就来了一支队伍，而刚好那支队伍就是妹妹所在的那支队伍，因为在军队里面不能通话，两个人都不知道对方的到来。

妹妹所在的那支队伍，拥有强大的兵团，先进的重型武器，所以他们的到来，无疑是增加了胜利的资本。

得到了新的兵源，这场战争的局势也瞬时间扭转过来了，变得势均力敌。

新一轮的较量开始了，格局也重新分布。

新一轮的战争已经打响了有五天，可是谁也没有丝毫败落的痕迹。

哥哥勇猛陷阵，率先出战，不知道枪击了多少敌人，可是在一次的前线冲锋时，敌军的一颗手榴弹落到了哥哥的附近，瞬时间，哥哥血肉开裂，意志模糊。

哥哥受伤了。

敌人节节溃退，医护人员也在混乱中急忙将受伤的哥哥用担架抬到帐篷里，刚好妹妹也在那些医护人员之中，妹妹看到了，看着受伤的哥哥，妹妹双泪横流。

走到了临时帐篷，急忙将哥哥放在病床上，等待医救。

在医护人员的救助下，哥哥终于脱离了生命危险，此时，妹妹才放下了心中的一块石头。

伤员越来越多，再次，妹妹走出了帐篷，向战场走去。

可是，一去，再没有回来过。

战争终于结束了，敌军伤亡惨重，不得不选择撤兵。就这样，这场战争降下了结束的旗帜。

部队走了，但是让伤员留下，等待康复后，遣送回家。

一天，两天，三天，日子一天天过去了，哥哥逐渐康复了起来。在哥哥的回忆中，是妹妹救了他，可是妹妹再次冲向战场之后，就再没有回来过。哥哥一直等待着妹妹归来的脚步声，等待妹妹再次大声呼唤哥哥，可是，一切都毁灭了。

哥哥知道，妹妹可能永远不会回来了，顿时痛哭起来。

哥哥想去寻找妹妹的尸首，走出帐篷，茫茫的战场上，到处都是死尸，一片狼藉，血肉模糊，一点都分不清谁是谁。

就这样，靠着回忆与痛苦，继续寻找着，可是什么也没有找到。

就在他快要绝望时，突然，看见不远处有东西在发亮，放眼看过去，原来是自己送给妹妹的那条手链，飞奔过去，完全忘记了伤痛，忘记了死神。

拿到了那条手链，只见手链上到处沾满了鲜血，望向周围，没有发现妹妹任何的踪迹，他知道妹妹永远不会回来了。

仰天大哭。

伤病好了之后，哥哥回到了家乡，再次来到了那江边，看着那夕阳落山的风景，可惜此时，周围的一切早已经物是人非，江水西流。

远处，一个小女孩一个人坐在小山坡上，笑着看着夕阳。

哥哥看见了，仿佛那是妹妹的身影。

飞奔了过去，想确认那是妹妹，可是走到尽头才发现，原来一切都是幻觉，一场空梦。

后来，哥哥再次参军。

两年后，在一次战争中，光荣牺牲。

再后来，所有人都忘记了哥哥的模样，但都记得哥哥左手上时常戴着一条手链，一条银质手链。

如果还能再看你一眼，即使只是匆匆一眼。

如果今生不能再见，那下辈子一定要再见。

如果还有曾经，我还会带你一起，一起去看那最美丽的夕阳。

（四）琴音

末世的喧哗，华丽而后再次重生，过了多久，追了多久，千年轮回后，只为匆匆相遇。

也许是上天的眷恋怜悯，又让他们转世相遇。

再次穿梭，此时他们的身份为琴师，两个人学习的琴种不同，他学的是小提琴，而她学的是钢琴。

两个人是音乐学院的学生，相遇是在一次偶然的聚会中，两个人不期而遇，由于双方都很欣赏对方的才能，所以很快他们就成为好朋友，再到后来他们成了情侣。

在此后的交往之中，双方给予了对方最大的帮助和鼓励，两个人的专业成绩也突飞猛进，冲进了全年级的前五名，对于这个结果他们是无比兴奋的，或者说是必然的结果。

如果两个人在一起的话，只能带来失败和痛苦，那么相遇注定是一个错误，也许分开是对于双方最好的回答。

两个人的目标很清晰，就是能够有朝一日在金色大厅里进行一场属于自己的个人独演。

向着目标，两个人比以前更加努力。

他们的努力获得了所有人的认可，在毕业时，成绩确定了下来，她取得了钢琴专业第一的好成绩，而他则取得了小提琴专业第二的成绩。

凭借着好的成绩，两个人师从国家级乐器演奏大师。

为期一年的实习。

在学习考验之中，两个人的出色表现征服了所有人。

经过考评，两个人都留了下来。这些都是他们努力的结果，在情理之中。

在最好的地方表演，一直是他们的梦想。

时光荏苒，飞逝前行，很快两个人就凭借着各自的努力成为一线演奏家，经常出席一些国际音乐交流，在所有人眼里，两个人是非常成功的。

在一次大型的公益慈善会中，两个人很幸运地成为受邀嘉宾，主办方希望他们演奏表演来帮助筹集资金。

没有经过任何的思考，两个人义无反顾地接受了邀请。

一大早，他开着车载着她，向着会议中心驶去，一路上说说笑笑。

可是就在两个人快要到达会议中心，在过一个十字路口时，一辆中型的卡车由于刹车系统失灵，向他们冲撞过来，两车相撞，小车当场翻车，当场两个人就因为受到了巨大的冲击，昏迷了过去。

两个人被送往了医院，进行抢救。

经过医院的一番抢救，性命算是保住了，但是他不得不高位截肢，而且成了植物人。

说好的幸福毁于一旦，说好的永远转眼也烟消云散。

医生说他能恢复到正常意识的几率只有千分之一。

她经过抢救之后，没有受到伤害，算是不幸之中的万幸了。

过了有一个多月，她完全康复了。

走向另一个病房，看着双腿截肢的他，顿时泪流满面，而此时她也清醒地知道他已经成了植物人，永久性休克。

"你曾经对我说过，要照顾我一辈子。现在你快点醒醒，继续履行你的诺言啊，你给我的承诺还没有实现，怎么可以丢下我一个人呢？还没有到你失约的时候，你不能抵赖。我知道你可能永远不会醒来，但我已经准备好了，要用我的一生来照顾你。虽然唤醒你只有千分之一的概率。但是，我一定会坚持下去，等你，因为我知道你一定会恢复正常的，我爱你，无论将来发生什么事，我一定会陪伴在你的身边，有我在。"

就这样，为了曾经的约定，她没有放弃，一直在他身边陪伴着他。

时光流转，岁月转眼即逝。

就这样过了二十年，对于他们来说，这二十年很漫长。

她依旧没有放弃，依旧等待着那千分之一的几率。

在彼此相陪的时间里，她的琴术得到了飞跃性的进步，很快成为了国际钢琴一级大师，名声响彻全球。

在一次偶然的机会中，她被告知要去音乐金色大厅表演，而且是独奏。

那一刻，她无比兴奋。

她年轻的梦想此刻即将实现，她所付出的汗水和苦累也即将获得回报，她应该得到的东西此刻就在她的面前。

这一切仿佛都是梦境一般的存在。

她决定在表演的时候把他也带上，毕竟这是他们两个人曾经共同的梦想。

登上了舞台，一切都在意料之中，用自己一生中最好的状态尽情表演，曾经所付出的一切此刻终于也得到了回报。

所有的一切演奏他都看在眼里，记在心里。

表演完后，她走下舞台，来到了他的身边，微笑着看着他，抚摸着他褶皱的脸庞，而那一刻，他哭了。

但是她笑了，因为那是那场车祸后，男孩第一次哭，同时也想起了医生曾经嘱咐的话，如果他能笑能哭，那么也就预示着他还有感觉，还有希望。

此时，她紧紧地将男孩抱住，哭了起来。

顿时,台下台上一片哗然，用最大分贝的掌声鼓励着两个人，同时也赞许着这场表演，无与伦比。

没有放弃，终于她等到了那千分之一的几率。

而后,经过了五年之后,他完全康复，可以说话了，可以哭了，也可以笑了。

两个人相拥在一起，并共同走完了余生。

令所有人感到吃惊的是，他们死在同一天。

在他们离开世界的时候，后人将他们葬在了一起，因为这样他们就可以生生世世不分离。

又听后人讲，两个人走的那一天晚上，天空尤为漂亮，流星划过，明月清圆。

两个人的魂魄升到了天空，镶嵌在天空中最闪烁的星上，从此伴随着日升夜起，循环着，不再分开。

等了四世的时间，终于能够在一起，也许这是所有人所期望的结局。

有时，我们需要的永远只是能够仰望天穹，永不分离。

就此，两个人的故事画上了一个圆满的句号，不再想念，也不再分开。

终究在一起，也终究等到了等了千年的你。

也许有时，等一个人，爱一个人，不止一生一世。

你若扶风，我必弱柳相依

转眼间，岁月的画面已经被沾染，不留任何关于原始的踪迹。
想更改结局，可惜无能为力，也只能，听天由命。
痴痴地等，等一次，再遇见。

平流的尘埃，在空间的狭隘中，重生幻灭。
它们挤压成一条线，迷乱着我们的视野。
我们的眼光因此而被束缚。
看不到远方，就是因为我们只能在尘埃线以下生存眺望。

世俗的眼光早已经将万物规律看破，只是不忍揭穿，关于
呼吸的卑微。
世间万物的痕迹，全在一朝一夕。
大千世界里，每个生物都在按照自己独特的方式存活着，
也都以不同的方式悄然改变着陌生的世界。

不断有人在问，不断有人在念，也不断有人在终结。
这尘世的哀怨，
着迷的断章，生息的旋律，
这些全在我们思念中，静静蔓延。

我们不是最熟悉的陌生人，而是最陌生的熟悉人。

你在我的世界里出现，又消失在了我的世界里。

分手再见，你走向一个又一个被重新定义的新路标。

你匆匆走过，没有留念。

从此，那些路标与你擦肩而过，成了过客。

而我为了追逐，走向那些路标，从此，与那些路标相依为命，在我出现的地方，刻画着永垂不朽。

那些路标成了我的知己，指引我努力，追逐你一个又一个仓促的脚步。

本该相爱的年纪，因为一句无怨无悔而埋下了受伤的种子。

因为这无怨无悔，青春多了一丝疯癫，多了一些痴狂。

也在青春的傲慢中，那些莫名其妙的外在物质，就像樱花的生长过程一样，经历出芽、绽放、凋零，直到最后的荡然无存。

我们的夙愿，随着樱花的陨落而洒满了一地。

说好的幸福和永远也随之遗落在某一个不为人知，只有你和我知道的角落里，并在生命中某一段最为辉煌的时刻被世人彻底遗忘掉。

所谓的爱本应该在最纯真的年纪里，让一切都在无怨无悔歇斯底里中，散漫芳香和刺激。

可是，在岁月的步步紧逼之下，最终的我们都输了，输给了自己，输给了年华，和那句无怨无悔。

最后的一切，都被所谓的年轻浪费掉，消磨着。

说过的天长地久，谈过的海誓山盟，也在我们分手之后，变得不知踪影。

还记得因为那些誓言，我们在青春中鞭笞着谎言，在最美好的年华经历着原本我们可以避开的东西。

不曾想到，那些外在的物质条件，在岁月的磨砺下，竟成了羁绊我们一生一世的唯一，然后在喧哗与捉弄之后，平静下来。

分手之后，我们在绝望中继续追寻着下一个可以修复我们伤疤的人，以弥补遗憾和绝望。

曾经的海誓山盟一生一世也在我们的追寻中遗忘着，并过渡到待你安静下来，忘掉我以后，我将与世界重归于好。

分手之后，你我天涯两隔，你看着世界，我看着你的背影。

从此，我祈福平安，给我七日赎罪。

第一日，在彩虹墙上画了一幅图画，里面有柳树光影，当然还有你。

第二日，在庙宇亭阁点燃了一支香烛，在佛前许愿，若你扶风，我必弱柳相依。

焚香许愿，收敛容妆，走向飘雪的冬季。

第三日，在溪流边徜徉，捡起一片落叶，痴痴发呆。

才发现，在落满灰尘的世界里，原来你就是雨滴。

第四日，在杨花繁盛的三月，走向莫名的街巷，听风铃，等杨花落在身上，伪装自己。

第五日，在白杨树下，看芦苇四处张扬，随风摇晃，不知道突然看到了哪个熟悉的场景，潸然泪下。

第六日，在万里银河中，悬浮在太空，开始一场生无可恋的星空绝唱，至今还在回响，不信你听，歌声依旧响亮。

第七日，在约定的终点，你没有来，我却在等你。

你乘风远行，选择归隐，而我还在流浪，去你走过的每一个地方，每一条街巷。

我希望有一天你能回来，和我去一个谁都不认识的地方。

在那里，搭建一个属于我们的屋子，不高不低，不宽不长，从此相依为命。

早晨起来，去田野看豆蔻，闻花香，去山的最顶峰，看晨起的太阳。

傍晚的时候，去草原放羊，羊群不要太多，两三只就行，偶尔间欢喜，我会唱给你听，若你扶风，我必弱柳相依。

第三幕

沧笙踏歌

静水流深，沧笙踏歌，如花美眷，只缘感你一回顾，使我常思朝与暮。

——宋芳《轻风物语》

夜很深了，可是这座城市依旧繁闹，让人窒息。

灯红酒绿的花花世界，任何人都不知道何时被它冷落，也不知道何时被它卷入其中，陷入无尽的黑暗中，陷入挣扎中，无法自拔。

我们能做的，也是仅能做到的，只是在这个混沌世界里，观望或躲藏。

有些人对这种浮夸生活巧妙回避，内心却始终煎熬着，不断挣扎。

有些人则是黯然接受了这样的生活，接受着它的规律和规则，随后，逐渐变得傲慢，变得生硬起来。

有些人观望，有些人默许。

有些人挣扎，有些人反抗。

可现实是如此的残酷，无力的挣扎只能是以卵击石，混沌于虚无缥缈中。

而后，所做的所为的，化为炊烟，飘向荒芜之中。

为此恐惧，为此嘲笑，为此疯癫。

于是人类祈祷神灵，庇佑他们，不被吸引。

慢慢地，人类心中繁衍出信仰，生出了希望。

这些美好的东西犹如雨后春笋一般，拔地而起，开始揭露伪装和压迫，开始反抗，轮回重生。

春秋在信仰和顽强中，开出不落之花，点缀着这个苍白无力的世界。

本想这个世界会因此变得干净些，人类不被它所束缚，变得清澈些。可事实是，人类的灵魂早已屈服于它，也早已深陷其中，凋谢枯萎。

这一切都好似一个不完整的剧本，有开头，有过程，就是只差一个完美的结尾。

也许能改变结局的只有局外的我们。

铅华岁月里，折煞了多少人。

有多少人在这场年华的洗礼下，沦为看客，又由看客沦为过客。

很多时候，都是年华还在，物质还在，我们真正想要的拥有的早已消失不在了。

而这一切，都是因为这个陌生的冷淡世界。

（一）

每逢周末，天翔都会和朋友到酒吧里，喝点酒，唱唱歌。

天翔是一个耐不住寂寞的人，所以每逢周末都会叫上几个自己的好朋友，一起去外面的酒吧喝喝酒，也经常是不醉不归。

朋友都说，天翔是个好哥们，讲义气。

可是，所有说这句话的人，心都和明镜似的。每次喝完酒时，都会看到一个人独自跑到收银台去结账，毫无疑问，那个人就是天翔。

天翔从来都不计较钱财，可是，他也是普通的工薪阶层，没有太多钱去让他过度消费。

按理说，平常我们去聚餐的时候，都是讲究公平二字，不让任何人多掏一分钱，也不让任何人少掏一分钱，大多情况都是实行 AA 制，或者是实行轮流结账的制度，以保证绝对的友谊。

从前，大家都觉得 AA 制比较好，到头来，谁也不欠谁的，也生了和气。

可是，天翔觉得那样子太过麻烦，不就是一点钱吗，所以，每次到付账的时候，天翔都是一马当先，绝不迟疑。

后来，大家也习惯了，每次去酒吧的时候都会叫上天翔，毕竟，天翔去就有人会掏腰包，这样的事情，哪个人不愿意啊。

这帮朋友也还算可以，每当天翔遇到困难时候，凡是能做到的都会尽其所能，如果天翔是借钱的话，那么什么也不说，要多少给多少，而且不让天翔归还，也算是两两不相欠吧。

所以每次大家玩耍的时候都很高兴，高兴地跳舞，高兴地唱歌。

自从和女朋友分手之后，天翔身边就只剩下这群好朋友了。

大家每次出去玩耍的时候，都会带上女朋友。过往的时候，天翔和他的女朋友，就是主角，可是如今，天翔单着，所以更多的玩笑也就是开大家的。

所有人都劝天翔赶快找一个，免得一个人单着寂寞了。

天翔何尝不想，可是这是找女朋友，又不是上菜市场买菜，要分斤论两。

找一个合适的，还是要等些时候的，因为爱情从来都不是莽撞的。

朋友们都帮天翔找着合适的，天翔也在找着属于自己的另一半。

天翔的标准也很简单，就是女孩对于任何事都要有自己的看法和意见。就像他的前女朋友一样，做任何事情，都要征求大家的意见，等到大家商议有了结果后，才根据大家的看法来得出自己的观点。前女朋友是一个没有主见的人，所以在两个人交往不到两个月的时间，天翔就提出了分手，理由就是他想要的是一个能够给予他鼓励的人。在女朋友连续几天的纠缠下，天翔还是坚持自己的选择，选择了分手，女朋友最终也不得不同意了，选择和平分手。

从前，前女友在的时候，朋友们都爱开他们的玩笑，可是，自从两个人分手后，所有人对于以前的事都是闭口不谈。

该怎样玩，还是怎样玩，即使身边少了一个人的存在。

天翔听说在安泰街上又新开了一个酒吧，还算可以，所以他们聚会的地点就转移到了 July 酒吧，也算是新的酒吧新的狂欢，该忘掉的总要忘掉的，旧的不去新的不来，这也是朋友常对天翔说的一句话。

July 酒吧开业不算太晚，这一带的酒吧大多是 20 世纪 90 年代留下的，早已经是破烂不堪，虽然说经过几次大的翻修，可是古朴的痕迹还是一眼就能看出来的。

如今 July 酒吧的出现，无疑是给那些喜欢夜生活的人群带来了新颖的东西，给那些人宁静的晚上增添一点快乐。

由于是刚开业，所以酒吧需要大量的人员，贴出招聘启事。

应聘的人很多，毕竟工资蛮高的，所以很快酒吧就进入了正常的营业。

（二）

又到了大家熟悉的周末，天翔和大家又一起去了酒吧，听说 July 酒吧是最新开的，所以大家都一致决定去那儿。

大家来到 July，完全被里面的装饰震撼到了。

里面完全是根据最新的格调装饰而成的，整个装潢以蓝色为基调，虽然店面不大但是足够让人感到温暖，在这些各色各样的装饰中，最引人注目的还是酒吧舞厅的最上面，镶嵌着一块电子荧屏，在荧屏中不断播放着一些关于自然主题的画面。在酒吧里转了一圈，顿时感觉到这家酒吧的新颖之处。如果 July 是一家酒店的话，那么在 20 世纪 90 年代，足够算作是一家四星级酒店，或许，评价可以更高。

按照往常的习惯，大家选择了一间包厢，围着圆形桌子团团坐着。

天翔走向前台，点了他们常喝的那种酒，虽然他们的个头都不大，但是通过这几年的夜场锻炼，每个人的酒量都是大得惊人，就拿天翔来说，一箱子酒对他来说，丝毫不在话下。

来到前台。

老板，来三箱酒外加一瓶伏特加，加冰。

先生您好，我们这暂时没有伏特加，可以给你换成老白干吗？

如果是平常，天翔早就开骂了，可是，毕竟是新店，所以还是忍住了。

竟然连伏特加都没有，你们是怎么开酒吧的，去把你们老板叫来。

先生，小店刚开业，所以有些东西还没准备够，还请原谅。

就在这时，酒吧的老板刚好经过前台，停了下来，看到底发生了什么情况。

老板走了过来。

先生，你有什么事吗？

天翔听到后面有人回复，所以转头看着未谋面的说话人。

只见一个女生站在他的身后。

穿着洁白的紧身上衣，蓝色的牛仔裤，一双白色的阿迪休闲鞋，再往上面看看，头发微黄，可以清晰地看到是烫染过的，一张瓜子脸。

转身的那一瞬间，天翔动了心。

一句话也没有说出来。

点完酒后，付了钱，转身离开了前台向包厢走去。

进了包厢，只见几个人有说有笑，玩得不亦乐乎，天翔见到他们，脸上露出了微笑。

不一会儿，酒吧的服务员就将酒呈了上来，端进了包厢。

天翔出于好奇，就向服务员询问着有关酒吧老板的事情。

刚才那个女士是你们的老板吗？

是的，那是我们的老板，很年轻吧。

我看也是。

是刚从大学毕业的，受到父亲的安排，从浙江来到了这里。按照她父亲的意思，让她先在外地锻炼锻炼，积累了经验，然后再将他的公司交给女孩。

哦，原来是这样啊。

您看，这里面的所有装潢都是她想出来的，牛吧。

这家酒吧的老板叫沐筱，是家里的独生女，是一个刚刚毕业的硕士，今年才来到这里。

沐筱可是有相当高的学问，同时拥有北大和牛津的证书，今年刚刚从英国回来。

本来父亲是想让她直接进去公司的，可是沐筱受不了那种约束，于是，一个人从家里跑了出来，拿自己的钱开了这间酒吧。

由于母亲走得早，家里就只剩下父亲这一个亲人，所以离开浙江的时候，沐筱向父亲承诺，五年之后会回来的。

为什么会来到台湾，所有人都不解，她也没有告诉任何人，这个问题也成了一个秘密。

天翔和朋友们喝着酒，一直喝到了凌晨的三点钟，此时天色也不早了，于是各自带着自己的女朋友，打车回去了，天翔在酒吧门口送走了所有人，最后只剩下他一个人了，所有人都问他一个人行不行，他说，可以。所以，朋友们都走了，只剩下他留在了酒吧。

由于喝得太多的缘故，天翔走路迷迷糊糊的，本想在酒吧门口等一辆出租车，可是过了好久都没有来，就坐在了路边，等着。

可是，他也没有想到，酒喝得太多，竟然在不知不觉中躺在路边睡着了，后面发生了什么，他一点也不记得。

凌晨五点钟的时候，July 酒吧打烊了，服务员都回去了，只剩下沐筱一个人待在酒吧里，整理着东西。

酒吧是晚上营业的，所以白天也没有事情。

在这里沐筱将自己的精力更多地花费在酒吧的管理上，毕竟，初次来到宝岛，也人生地不熟的。

服务员都准备走了，一一告别了沐筱，并嘱咐她小心点，这块地方的治安特别差，所以千叮万嘱的。

沐筱收下了这些嘱咐，牢牢地记住了，就在沐筱准备关门，拿笤帚扫地的时候，有一个店员走了过来，说有一个人躺在了门口，好像是昨天晚上的那个客人。

沐筱放下了手中的笤帚，急忙随着店员走向了路边，看见天翔躺在地上。

"这是昨天晚上的那个客人，可能是喝多了吧，躺在这也不是办法，要不把他抬回店中吧，这天寒地冻的，万一有生命危险，我们也承担不了这种责任。"

"这能行吗？"

"还有什么行不行的，给我搭把手吧，那儿还有一间空屋子，就让他躺在那儿吧。"

"好的。"

于是，沐筱和服务员将天翔抬回了酒吧中，放在了那个空屋子里，然后给他盖上了被子，以免着凉。

之后，店员告别了沐筱，离开了酒吧。

安排好天翔后，沐筱又开始打扫起了卫生。

扫到一半，就听见天翔在说话，只是说的什么听不清楚。

于是，放下手里的笤帚，再次回到了房间里面，看天翔是不是醒来了。

沐筱走进房间，看见天翔已经躺在了地上，急忙将他推上了床，费了九牛二虎之力。这才放好天翔，转身将要离开的时候，天翔突然拉住了沐筱的手，嘴里还说着一些话，好像是把沐筱当成了他的女朋友。

看到这番场景，沐筱急忙将手拉回了，免得产生误会。

天翔拉着沐筱，任沐筱怎么挣脱也不行，只能是放松了，等到他松懈的时候，再把手拉回来。

看着天翔，沐筱突然想起了自己的前男友，和那段校园生活。

过了一阵，天翔放松了手，沐筱急忙将手拉了回来。

转身离开了房间，继续打扫。

大概过了半个小时，沐筱就将酒吧打扫得干干净净，一尘不染。

放下笤帚，去洗漱。然后就回到自己的房间，准备睡觉，睡觉的时候还不忘过去看看天翔，看他是否滚到了地上。

还好，天翔正睡得酣畅，时而左转时而右转，有时还面带笑容，实在搞不清楚，睡觉时人们可以笑，这是什么缘故。

一切正好，关上房门，走向自己的房间关上了房门，进入梦乡。

（三）

对于沐筱这种夜班族来说，白天才是他们休息的时候，这种时差倒过来也不是一朝一夕的事情。

还好沐筱的适应能力强一些。

不知道睡了多久的时间，天翔从梦中醒了过来，看着眼前的房间，完全是陌生的，自己未曾见过。起了身，穿好了衣服，推开房门，看着周围的装饰，才发现自己还在酒吧里，原以为是在自己家里面，可是是什么人将他抬到这个陌生的房间里的，他一点也不知道。

但是他还是记得昨天晚上有一个女人在自己的身边。

因为酒喝得多，对于昨天晚上发生的一切都浑然不知，丝毫没有印象。

酒喝多了，想上厕所，所以，走出了房门，在酒吧里面转着圈，寻找着厕所。走着走着，就到了一个房间，以为是厕所，就走了进去，由于太黑所以看不清楚，贴着墙壁，到处摸索着。

突然碰到了什么东西，咣当一声掉到了地上，这时，只听见房间里传来了声音。

当那一声说出的时候，天翔的心一下子升到了嗓子眼，以为自己已经死了。

这时，沐筱打开了床头灯，才看到是天翔闯进了自己的房间。

你干什么？

对不起。我是想找厕所的，可是太黑，什么也看不到。

我还以为你是贼呢，左拐到头，再右拐直走就看到了。一边指画着。

谢谢，打扰了。

沐筱被刚才天翔这一举动吓得半死，一下子睡意全无，起了床，打开窗户，外面的阳光照进了屋子，沐筱揉了揉眼睛，看向窗外的世界，此时已经是下午黄昏时分了，睡了也有七八个小时了，距离开业还有三四个小时。

走出门，向厕所方向走去，这时天翔也刚刚从厕所里出来，憋了一晚上，顿时感觉到身心舒服，没有丝毫的疲倦感。

沐筱碰见了天翔，打了声招呼，让天翔先在酒吧里转转，等她出来。

天翔点头示意。

酒吧不算大，但是格调是天翔喜欢的，天翔觉得他应该认识一下这个女孩，好好感谢感谢。

不一会，沐筱就从卫生间走了出来化了点妆，完全是一个大美女的样子。

为了答谢沐筱，天翔决定邀请沐筱吃顿饭，也顺便了解了解。

算是到了平常的吃饭时间，沐筱答应了。

两个人下了二楼，打开大门，此时黄昏的光线照进了酒吧里，和房间的格调浑然一体，显得格外迷人。

沐筱说，今天的夕阳真美啊。

天翔回应道，夕阳美，人更美。

沐筱露出了浅浅的笑容，而天翔则是哈哈大笑。

由于时间紧迫，两个人没有走远，就在附近的一家餐馆里面随便吃了一点饭。

吃过饭，天翔和沐筱走出了餐馆门，原本为了答谢沐筱，天翔要去酒吧帮沐筱的，可是最后害怕家里人担心，索性就告别了沐筱，但是临走时还是对沐筱说，要再去酒吧喝酒。

（四）

沐筱告别了天翔，回到了酒吧，这时酒吧里的服务员已经基本上到齐了，做着各自的工作，慢慢地酒吧里的人多了起来，所有人都忙不过来了。

天翔回到家中，见到了父母亲，并如实回答了自己昨晚的去向，父母悬着的心也一下放了下来，毕竟，天翔是他们唯一的孩子。

天翔又回到了自己的房间里面，倒头就睡。

周末结束了，天翔又开始了正常的工作。

朋友们都追问那天晚上天翔最后是否回家去了，天翔谎说自己坐了一辆出租车，到了一家宾馆里，凑合着过了一晚。对于那天晚上在酒吧借居了一晚的事情只字未提。

转眼间又到了周末时间，天翔突然想起了沐筱，所以又约上了几个朋友到 July 酒吧。这次出发前天翔受到了父母亲的嘱咐，不要喝得太多。

到了酒吧里，天翔被眼前的场景震惊了，在不大的酒吧里，满是人，人山人海都不足以形容这间酒吧的人之多。

点酒的时候，还必须是抽号排队才能轮到。

沐筱也被这场景震惊了，毕竟酒吧开业不到两个月，有如此的业绩她想也不敢想。

等了半个小时，终于轮到了天翔他们了，还是按照往日的习惯，天翔点了熟悉的酒。

还是那个包厢。

这天晚上，天翔控制着自己的酒量，让自己不至于再像一周前那样。

等到客人少的时候，天翔走出了包厢，去寻找沐筱。

走到前台，沐筱正坐在酒吧前台。

走上前去，坐在了沐筱的旁边。

嗨，今天我看你特别忙。

哦，到了周末人就会特别多，都忙不过来了。

不行就多雇几个人，别把自己搞得太累。

上周我见人多，就又多雇了几个人，谁知道，还是不够用。

等明天我再多雇几个人吧。

你看我们行吗，我和我朋友们，要不我和我的几个朋友过来帮你的忙，反正我们周末的时候都要来酒吧，与其闲着，不如做一些有意思的事。

好啊，你们来了，请你们喝酒。

一言为定。

一言为定。

拉个钩钩吧，也算是我对你的承诺。

好的。

沐筱伸出右手的小拇指，天翔伸出了左手的小拇指。

拉钩上吊，一百年不许变。

相互看了一眼，也算是他们对彼此许下的第一个承诺吧。

人又开始多了起来。

天翔看人多了，于是回到了包厢，将要帮助沐筱的事情告诉了朋友们。

朋友们没有拒绝，都同意了。

背后的缘由，没有人问，他们认定天翔是他们的好朋友，所以天翔无论做什么样的选择，都是同意的，也没有拒绝的理由。

在之后，每逢周末，天翔都会带上他的几个朋友来到 July 酒吧，帮助沐筱。

从此，酒吧即使人再多，也都忙得过来。

就这样子，在忙忙碌碌中，度过了整整的三个月时间，但每个人在 July 酒吧中过得都很快乐，在这里，他们找到了他们想要的团结。

（五）

四月份的时候，沐筱看酒吧来往的客人不多，就只留下了几个店员，邀请天翔和他的朋友们一起去海边玩，毕竟，虽然来到这里很长时间了，但是沐筱还没有到宝岛各个地方转转，所以请他们几个朋友一起去海边玩。

周末的一天，沐筱带着天翔的几个朋友一起去了海边，准确地说，是天翔带着沐筱。

来到海边，看着远方来来往往的商船，按照各自的轨道运行着，互不阻挠。

海面上时而有许多人在玩着冲浪，随着海浪的起伏而波动着，自由地游着。

朋友们几个一起来到了海边的一家烤肉店，如此良辰美景，怎么能够少得了美食的陪衬呢，点了几瓶酒和几串烤肉，高兴地坐在一起。

饭来了，该放下的还得放下。

吃到一半的时候，天翔叫沐筱和他一起去海边转转，和他聊聊天。

沐筱没有推辞，就和天翔一起去了。

此时已经是下午的五点了，落日的余晖照在海面上，映衬着远处的山峦，在山的尽头，还能隐隐约约看见城市的身影，但是在这里，远没有城市的那份喧哗，更多的是平静。

连从城市里带来的焦躁的心也变得平静了起来。

天翔和沐筱走在海边，海风吹了过来，他们的衣服发出噗噗的声音。

天翔开口说话了。

觉得这里怎么样？

还行，气候特别好，这边的人比较朴素一些，对人也比较亲切。

我的几个朋友呢？

他们啊，还不错。看你们在一起，我就想起了我在大陆的朋友们。以前我们像现在的你们一样，每周末都会找个地方聚聚餐，联系联系感情。只是后来大家都开始忙碌于工作，聚餐的次数少了，联系的次数也少了，好像我有很长时间没有见过他们了，蛮想念的。

这样啊，没事找个时间回家看看吧，毕竟有些事情不能耽搁下去。

我何尝不想回去啊，可是，回去谈何容易，来回折腾就得十来天的时间，还不如不回去呢。现在有你们，不是也挺好的吗。

哦，我们的表现可是不错的。那你觉得我怎么样？

你还好吧，心眼很好，没有坏的想法，是一个可以深交的朋友，这几个月也多亏你们了，谢谢。

不用谢，反正我们闲着也是闲着。

必须感谢你们，要不是你们这几个月鞍前马后，我都不知道该如何做了。

沐筱，我能问你一个问题吗？

你说。

我可以做你男朋友吗？

天翔此刻停下了脚步，看着沐筱。

沐筱停顿了一下，然后看着天翔微笑着说，你是不是喝多了，说什么胡话呢。

天翔接着说，我没有喝多，脑子清醒得很。

沐筱迟疑了几下，没有作声。

然后看着天翔说，我们现在的关系不是挺好的吗，有难同当，有福同乐。为什么要进一步发展呢。

可是，可是我喜欢你啊。

我们之间做朋友好吗？

好吧，权当我没有说过。

然后沐筱巧妙地将话题转移到了其他方面，对于那个话题两个人不再提。

我们曾渴望恋爱的恢宏，惊世骇俗，到后来才发现恋爱时的风景是如此的平凡，平淡，你知我知。

但这样也好，起码可以爱。

很久以前，以为恋爱是两个人的，你情我愿，投心就会和好。

渐渐发现，原来恋爱是一个人的事情，与他人毫无关系。

和好无非就是由我喜欢你，变成你也喜欢我。

分手也不过是由我不喜欢你，变成你讨厌我。

在一段时光里，我们只能够全心去爱一个人，将自己的所有都给予她。

周围的其他人对于我们来说只能是附带品，也终有一个时间点，会消失在我们的视线中，成为从未见过的过客，也许在某一个时刻他们会消失不见，或许，我们从未见过。

一直在寻觅之中等待一个人去爱，穿越隔阂的狭隘，走过臃肿的繁华，等待用自己一生的追求与信仰去爱，也总是在信仰之中等待黎明的曙光，等待时光的恩赐洗礼，孤独等待着，直到穿越喧哗，穿越苦毒的寂寞。

转了有一多会，两个人就回到了那间烤肉店。

和朋友继续分享着彼此的快乐，刚才说过的话也转眼间抛向了脑后，再没有提。

吃过了饭后，几个人在海边找了一家农家乐，暂且住了一晚。

（六）

枝头上的燕子飞落了下来，从舒展开翅膀，到落地动作的结束，只用了不到几秒钟的时间，停留在了地上，合上翅膀。

行走在坑坑洼洼的地面上，一会儿低着头寻食，一会儿抬头看着前方，好像一个哨兵在观望着，守护着属于自己的领地。

走走停停。

一只金毛跑了过来，燕子再度张开翅膀，飞向天空，越飞越远，越飞越高。

毕竟，它是属于天空的。

第二天一大早，又马不停蹄地回到了都市里。各自回到了家中。

虽然天翔已经向沐筱表达了自己的意思，但是沐筱还是巧妙地婉拒了天翔，他们还是最好的朋友，丝毫不影响他们之间的感情。

那一篇已翻过了，两个人再没有人提起过。

和往常一样，每逢周末天翔还是和他的朋友们来到 July 酒吧，帮助沐筱。

被空气放大的幸福，原以为可以用双手紧紧握住，密封保存。可是谁也不会想到，我们想要的已经在我们学会拥抱后，一点点消失了，不留痕迹地消失。

发现时，想拼命抓住，可什么都不会再得到了。

时间又过了一年，July 酒吧的业绩蒸蒸日上，利润也翻了一番，一方面要归功于沐筱的管理，另一方面，要将一部分功劳记在天翔和他的朋友身上，因为有了他们的帮助，沐筱才有勇气继续将酒吧做下去。

这一年，July 酒吧扩大了，将旁边的房子也租了下来，面积比原先的大了足足两倍。

还是那些人，那些顾客，那些喜欢夜生活的人群。

他们的身上早已刻下了时代变迁的痕迹，这些变化也将他们这些人和时代绑在了一起。

（七）

8 月 18 日，天翔的好朋友凡宁结婚。凡宁是天翔的发小，但是大学毕业后，就去了美国，今年才刚读完研究生回来。

回来后，凡宁就和他相恋七年的女朋友选择了结婚，也算是有情人终成眷属。

之所以选择 8 月 18 日，原因之一，他们第一次约会的时间就是 8 月 18 日。妻子是美籍华裔，但是小时候是在大陆度过的，在六岁的时候，才跟随父母去的美国芝加哥。

在那里，遇到了凡宁，两个人在七年的时间里，有过大的争吵，也有过小的矛盾，但最后都是以某一个人的道歉而化解。

在结婚那天，凡宁请天翔去做他的伴郎，天翔欣然接受了。

听说凡宁结婚那天会有许多老朋友去，而且凡宁还特别叮嘱老朋友们，带上各自的女朋友去见证这历史性的一刻，所以天翔为此犯愁了。

没有办法，只能邀请沐筱充当自己的女朋友了。

走向酒吧的路上，天翔犹豫了，害怕再次遭到拒绝。

怀着忐忑的心情，走进了酒吧。

此时的酒吧还是人山人海，沐筱还是像往常一样，坐在吧台前招呼着客人。

看着沐筱在忙，所以天翔没有过去，找了一个空座位，看着墙面上的荧屏。

荧屏上正播放着陈奕迅的歌曲《十年》。

天翔看着那显示的画面，想到自己的未来，如果，有一天他和沐筱的结局也会像歌词中的那样，是不是自己的眼泪要为别人而流。

想象之中。

这时酒吧中的人也不多了，沐筱才从吧台走了出来，拿了两杯啤酒，走向天翔。

你今天怎么在这呢，来都不跟我说一声。

我睡不着，所以就过来了。

怎么了，有心事？将啤酒递给天翔。

没有。

那怎么还睡不着呢，是不是最近营养没有跟上，失眠了。

没有，挺好的。

那你怎么了，看我能不能替你排解排解烦恼。

其实没有的。

还说你没有，你看你说话，脸都变红了，平常你说话都不这么磨叽，今天是怎么了，是不是谁欺负你了，姐去替你报仇。

今天来是有件事想请你帮忙。

还说没事，说吧，咱们两个谁跟谁啊。

我朋友凡宁要结婚了，然后他邀请我去当他的伴郎，毕竟，我们从小玩到大的，关系在那摆着。还有，他让我带上我女朋友，你也知道，我现在没有女朋友，所以请你冒充我的女朋友，免得让我在朋友面前难堪。

这个事情啊。

沐筱看着天翔，思索了几秒钟。

然后回复了天翔。

小事情了，我去就行了，不过，在那里，你不能占我便宜。

好的。

看着沐筱已经答应，天翔瞬间转变了脸色，高兴起来了。

那就这么说定了，8月18日，到时我和你一起去。

好的，记得要请我吃饭啊。

没问题。

天翔和沐筱谈妥后，离开了酒吧，回到了家中，那一天晚上，天翔失眠了。

在相恋的时候，我们都害怕叫出对方的名字。

仿佛我们在呼喊对方姓名的时候，就是在说一生一世。也仿佛在说出口时，就要实现自己一生一世的承诺，一起一辈子。

所以在相爱的时候，不能叫对方名字。相比之下，那个男孩或者那个女孩更合适一些。

（八）

几天后，到了结婚的时候。

一大早，天翔就把自己那辆新买的奔驰车开到了酒吧前面。

在车里照着前反光镜，整理着自己的衣服，等待着沐筱。

不一会，沐筱出来了。

天翔动了动自己的墨镜看着沐筱，因为沐筱的打扮完全不是之前自己认识的那个沐筱，从未见过她如此的漂亮。

只见沐筱穿着一袭粉红色的连衣裙，披散着头发，穿着一双白色的高跟鞋。

与之前那个自己见过的沐筱完全判若两人。

关上酒吧门，将停止营业的牌子挂了起来。

转身上了车，坐在了副驾驶的位置上。

你好漂亮啊，我完全不认识了。

是吗，不给你丢人吧。

怎么会呢，他人羡慕还来不及呢。

我们走吧。

天翔发动了车子，两个人迎着阳光驶向了婚礼现场。

那天的天特别蓝，阳光也特别明媚。

三个小时过去了，终于到达了。

在婚礼现场附近找到了一家停车场，将车停在了那里。然后马不停蹄地走向婚礼现场。

朋友们早早地守候在那里，等待着新娘和新郎。

为了将情侣做得更加逼真，沐筱主动牵起了天翔的手，那是天翔第一次牵沐筱的手，他看了沐筱一眼，微笑着走向婚礼现场。

朋友们见沐筱来了，都纷纷走了过来，调侃起了天翔和所谓的女朋友。

几个朋友先是调侃了一番，然后就是嘘寒问暖起来。

毕竟，有好长时间没有见过彼此。

婚礼开始了，新郎在礼堂中央等待着新娘。

突然，沐筱转身离开，跑出了礼堂。

天翔被这突发情况惊吓到了,因为要做伴郎,所以不能脱身,只能等到仪式结束后再去。

仪式结束了,告别了朋友,四处寻找着沐筱。

终于找到了,沐筱正一个人端坐在海边,哭泣着。

天翔坐在沐筱旁边,看着沐筱。

你这是怎么了,我是不是做错什么了?

沐筱没有说什么,只是将自己的头靠在了天翔的肩膀上,久久没有说话。

天翔也没有打扰沐筱,让沐筱靠在自己的肩膀上。

过了一会,沐筱直起了身子擦了擦自己的泪水,转头看着天翔。

有件事我一直没有告诉你,现在是时候给你说了。

五年前,我去了美国加利福尼亚求学,在那里攻读金融学博士。

我一个人去了那里,人生地不熟,在那里遇到了肖,肖是中国台湾人,就住在现在我们所在的这个地方。

那时我们班共有七个人,除了我和肖之外,其余人都已经结婚了,所以我们在那时候开始交往了。

肖是一个很幽默的人,时常会给我讲一些冷笑话,在那个时候,我感觉我是全世界最幸运的人,因为我遇到了肖。

后来,他开始追求我了,我也答应了做她女朋友,此后,我们正式交往了。

五年后,我求学结束了,要回到大陆去发展,毕竟我不能够让我爸爸一个人在大陆。

我也准备好了一切,去和肖提出分手,和平分手。

可是,令我万万没有想到的是,就在毕业礼的那一天早上,在女生宿舍门前,肖向我求婚了,我迟迟没有给予肖答案,那时我还不想嫁给肖,但我答应肖我们可以做一辈子的好朋友。

那一天晚上，加州下了有史以来最大的一场暴雨，可是来得快去得也快，半夜时分，雨停了。

那一晚我失眠了，久久没有入睡。

那一夜，我都在思考一个问题，如果在一起，我们的未来会怎么样。

许久许久。

最后我决定了，和肖在一起，不论将来我们在哪里。

第二天，一大早，我来到肖住的地方，等着肖，可是，怎么等也没有等到他，打电话也无人接听，那时我想我已经错过肖了。

最后，我来到了肖的宿舍，可是房间里空无一人，只见桌子上留着一张纸条，上面写着"如果你会来，请到我们初次约会的地方找我。肖。"

关上房门，拿上纸条，我坐车到达了我们初次见面的地方，熟悉的海边。

在那里，我希望可以找到肖的身影，等待着肖的出现，可是，怎么找也找不到肖，也许，该遇见的已经错过了。

我独自坐在海边，渴望再见肖一眼，对他说，我愿意。

我绝望了，坐在海滩上，看着远处过往的帆船。

这时，肖出现了，手里拿着九十九朵玫瑰花，我站了起来，看着肖，那一刻，眼泪流了出来。

肖开口说话了。

我知道你会来的。

傻瓜，我本来不想来的，是为了去看你最后一眼。

我知道你欠我的迟早会还给我的。

我欠你什么了。

肖这时单膝跪地，再次向我求婚了。

你可不可以陪傻瓜一直走下去。

……

你，愿意嫁给我吗？

……

看着肖，我泪流满面。

我回答道：我，愿意。

肖将手里的玫瑰送到我的手里，我接受了。

我们最后在一起了。

回到大陆了，我向我爸爸说了我们的事情，他答应了。

从此，我们就两边跑，因为谁也不想让自己的家人孤单着。

从美国回来后的第三个月，我们开始准备婚礼，我们将婚礼定在了三个地方。

在台湾我们的婚礼定在了台北最大的教堂里，就是现在凡宁结婚的那个教堂。

我们结婚那天，我记得我穿着一身洁白的婚纱，一双洁白的高跟鞋，在教堂的某一个房间里，等待着肖的出现，幻想着我们结婚后的幸福生活。

我周围人都微笑着。

可是我没有等到肖。

在去教堂的路上，出了车祸，车上无一人幸免，包括肖。

在得知肖的事情后，我当场晕倒了。此后也大病了一场。

肖被安葬在了离这不远处的山上，在他的墓碑上，我让人刻下了沐筱之夫四个字，并在墓碑前向肖发誓，十年内我都不会爱其他的人。

最后我离开了台湾，回到了大陆，原以为这样我可以忘掉肖，可是我做不到。

记得肖和我最初的梦想就是能够开一间自己的酒吧，所以在大陆待了五个月后，我告诉爸爸，给我五年的时间，让我去台湾发展，爸爸同意了。所以，我又重新来到了台湾，开了一间酒吧。

你不是问我为什么酒吧名字叫作 July 吗，这就是答案，我们的婚礼定在 7 月，肖死的时候也是 7 月。

天翔听完了这段话，心里存在的疑惑全都解开了。

天上的乌云遮住了月光，海面也平静了下来。

天翔看着正在失声痛哭的沐筱，没有说话，也没有想任何东西，只是看着远处的海面，渴望看到光明。

沐筱和天翔回到了教堂里，继续见证着属于凡宁的永远。

婚礼后，大家都坐在了一起，还是像从前那样说着话，开着玩笑。

两个城市，一种结局，没有人能够记得他们的故事。

他们在遗忘中，忘记了彼此相遇的时间，相遇的地点。

没有人让他们忘记，而是故事的结局，他们已经忘记了自己，以及深爱的对方。

或许爱得太深的后果，就是不会记起对方，也许在陌生的街巷相遇，也会擦肩而过，形同路人，然后向着相反的方向，向前，成为永远的错过。

对于感情这种事情，有结果总比没有结果强得多，与其享受漫长的过程，不如早一点去抉择，果断决定。

失败了，没关系，快点从头再来，你还有的是机会，所谓天涯何处无芳草；成功了，乘胜追击，机会已经拥有，那剩下的就是掌握机会，再接再厉，努力下去，但一定要注意，你只是成功预测了开始，结尾对于你来说还是未知，因为在故事的开始，任何人都无法预知结果。

那一天，天翔喝得酩酊大醉，沐筱坐在天翔的身边看着天翔，什么也没有说。

对于感情这种事情，我们都不知道该以怎样的方式去对待，不知道该如何给予对方最满意的答复，如果两颗星辰相遇相知，相互影响着彼此间的轨道的话，那么这绝对不是偶然，必然存在某种狭义上的联系。

在被拒绝之后，是否痴爱的人还会像以前那样狂热追求。

如果再次被拒绝，那挚爱的人是否还会理性接受，并以微笑去面对最后的拒绝和留念。

对于这一切只有等待时光的检验，没有固定的答案。

有些人我们注定不能错过，因为我们付出的代价可能是一辈子；

有些人我们注定会错过，因为当初的不期而遇只是偶然；

有些人我们回首太难，因为匆匆，都已成为过眼烟云；

有些人我们再见太难，因为遇见时早已经注定终会永恒告别。

那一天晚上两个人在那里住了一晚。

（九）

第二天，天翔醒来后，两个人驱车又回到了酒吧，天翔将沐筱送回了酒吧，自己则是开着车，回家去了。

只是，从那以后，天翔再没有去过酒吧，沐筱也再没有见过天翔了。

酒吧的人还是那么多，只是缺少了本该说好的约定。

五年的时间快到了，沐筱答应父亲的期限也快要到了。

在这里，留下的只能是回忆了，还有那些抹不掉的伤痛。

五月的一天，沐筱来到了天翔所在的那个小区里，在楼下等着天翔。

天翔下班回家了，看到了沐筱。

你怎么会在这里？

我在等你。

等我，我不值得你等。

我们可以聊聊吗？

为什么？

我有话想对你说。

什么事在这里说就行。

我们可以换个地方吗？

去哪？

周天你有时间吗？

有，我周末可以请你去华百乐园吗？

好吧，那就周末。

沐筱起身离开了，从天翔的身边走过。

天翔本想拦住沐筱，可是他没有那么做，连看一眼的机会都没有给沐筱。

走出小区，沐筱眼中含着泪。

该来的还是要来，这个叫作 July 的酒吧，也即将成为历史，最终消失在尘埃中。

在他们认识的这三年中，天翔没有找女朋友，因为他想要的女朋友是沐筱这种的，准确地说他希望自己未来的女朋友就是沐筱。

在这三年中，沐筱没有找男朋友，因为她知道有一个人就在她的身边，等待着她去爱，她想要的未来可能就在自己的身边，可是，自己实在没有勇气，去进行下一段感情，她清醒地记得曾经的誓言，即使早已物是人非。

她清楚地知道，总有一天，她会回到大陆去，告别掉这里所有人。

沐筱清楚地知道，天翔爱着她。天翔也明白，他这么喜欢下去，最终还是得不到自己想要的爱。

（十）

周末到了，沐筱请天翔去游乐世界玩，因为她想和天翔一起去坐一次摩天轮。

天翔知道，这是沐筱最后的告别。所以也是自己最后的机会了，不管怎样，都要向沐筱表白。

原以为沐筱会请许多朋友，可是沐筱告诉他，只邀请他一个人。

两个人买了票，坐上了摩天轮，当摩天轮将要到达最高点的时候，天翔将沐筱的脸转向自己，此刻正是表白的最佳时机。

天翔看着沐筱，说出了自己的心里话，将自己三年来痴痴的等待，都在那一刻表达了出来。

沐筱看着天翔，静静地听着，沐筱知道总会有这么一天的到来，因为她早就知道天翔会再次向她表白的，沐筱全程都没有说话，呆呆地看着天翔，听着来自天翔的独白。

他们所乘坐的座舱到达了最高处，天翔也说完了，他告诉沐筱如果她不同意，那么他就从这里跳下去。

沐筱看着天翔，将天翔拉了过来，拥抱着。

有人说，摩天轮是幸福的，可以见证幸福的瞬间。

走的时候，沐筱告诉天翔，如果五年后，你未娶我未嫁，我就去找你，在一起。

天翔记住这句话了，他还有希望。

沐筱还说，如果想我的时候，就和朋友去游乐场，去坐坐摩天轮，我已经将我的祝愿藏在了摩天轮里。

终于还是走了，沐筱将酒吧给了天翔他们，让他们好生经营，并说，她还会回来的。

沐筱走后，酒吧不再像从前那样充满生机了，但是还是经营不错，每月赚得的利润也足够他们花销的，但是天翔却因为沐筱的离开一蹶不振了，每隔几天都会乘车去游乐园，然后一个人坐在摩天轮里，呆呆地看着远方，大陆的方向。

（十一）

五年的时光说长不长，说短不短，但是对于天翔来说，五年足够长了，每一秒都在等待。

时光如梭，五年终于还是过去了。

天翔如梦初醒，他知道这一年的某一天，沐筱会从远方回来，来找他。

等着等着。

可是还是没有等到，但天翔还是一如既往地去游乐场，去坐摩天轮。

一年过去了，两年过去了，五年又过去了，又一个十年过去了。

天翔知道沐筱早已经忘记了他，曾经对他许下的诺言只是谎言。

后来，天翔得了严重的抑郁症。

天翔最后还是选择终结自己，从而忘掉那份思念。

沐筱在哪里，所有的朋友都不知道，只是当沐筱是负心人。

再后来，那间酒吧转让给了其他人，拥有了新的主人。

天翔死后，朋友们将他葬在了山上，面朝大陆的方向，希望沐筱可以看到，明白为什么天翔会死。

所有人都将罪过记在了沐筱的身上，每个人都无法原谅沐筱。

两个地方，不同的经度，不同的纬度，就连太阳升起的时间也不一样，没有人能看清楚他们，也没有人能够看得懂他们，他们只是万千尘埃中的一粒，被风吹过，飘浮在这个星球上，相遇相撞，没有人能够让他们不舍，也没有人能够让这个时代认识他们，他们是万千繁星中的一颗，只能骄傲地悬挂在天空中，永远没有交集，没有碰撞，彼此成为对方的过客。

也只能在空气中遥遥相望，没有任何的交集。

过了三十年，一群来自大陆的旅客来到了那个酒吧，询问着关于当年的一些事情。其中有一个老太太，年纪大概有七十岁左右，原来她就是当年的沐筱。

此时的沐筱坐在轮椅上，周围的一切都早已经改变了，没有一点当年的味道。在一番的询问之下，终于找到了当年的一个朋友，急忙问着天翔的情况。

可是，沐筱何曾想到，如今，天翔已经埋于地下许多年了。

那一刻，沐筱眼泪流了下来，感慨着物是人非。

在朋友的帮助下，沐筱来到了天翔的坟墓前，失声痛哭。

请原谅我，不是我不想兑现我们的约定，是我真的不能回来，因为你看到我会更加伤心。还记得我们在摩天轮下的约定，还记得我们扔向海面的漂流瓶，还记得我们曾经的快乐时光。对不起，如果来生，我会放下所有，不顾一切地爱你。

之后，沐筱回到了大陆，第二年，沐筱在睡梦中永远地告别了世界。

原来回去后，在一次工作途中，沐筱遭遇了车祸，双腿截肢。出车祸的那一年，恰巧是他们约定的那一年，可是，那一刻，沐筱改变了自己的决定，选择了逃避。谁曾想过，天翔会以这样的方式来让自己忘掉沐筱。

楼台听花雨，今夕忆当年。

是谁在清晨的沙滩上凝望着远方，向往着绿茵大地；是谁在楼宇阁台上拉扯着胡琴，传唱着今夕何年；又是谁在月夜下静听着风雨声，等待着回归的号角。

在伤痕累累的城市里面，是否还有人记得爱过，是否爱过的人已经忘记了，忘记了曾经美好的瞬间。

听到的匆忙声，触过的胡琴声，都只不过是被时光封存的刀痕，在斑驳岁月里，再次被唤醒。

　　八月的胡琴奏响着，在属于时间的空气里，奏响着关于爱的宣言，那是被虚伪埋葬的纯真，深埋在金沙滩下，永无明日。

　　城市里的爱情清晰可见，简单到不忍拆穿。

　　更多的不是爱过，而是已经错过。

　　在岁月的泡沫中，被爱情所折射出来的光线不是七色炫彩，而是黑白。

　　因为彼此已经忘记了，你中有我，我中还有你。

第四幕

我若离去，后会无期

城市里面，欢声笑语，风生水起，不知

道有多少故事作为铺垫，暗落伏笔。

我若离去，后会无期

待纤尘散去，再来一场雨，洒在干旱的土地上，留在我们心里。

毕竟，是过客，终究会后会无期。

待枯叶凋零，飘落在荒芜之地上，再与过去的你对话，谈笑春回大地。

有些人从日出走向黄昏，又回来了，是他放不下过去。

有些人从晨曦走向天黑，没有回来，是他已经走远，与你后会无期。

那些令我们感到满意的人总会有一天对你说再见，也许那时你会痛哭流涕，也许你会后悔当初没有好好珍惜，也许，对于过去你丝毫没有放在心里，满意的只有你自己。

他们已不是当年的他们，离开后就不会再回来了，不是他们不能再回来了，而是人在江湖，身不由己。

看着他们离开，我们不必仰望他们的背影，我们也不必痛苦。

笑着欢送，人生到哪里都是风景；大哭一场，哭够了，经历了生离死别，雨过天晴，人生多了伏笔，自然注重生死相依。

有相机最好，留张合影，以免日后思念，只能悼念从前。

也许，他们离开后，会有人陪你一段时间，演绎一场风景亮丽的电影。也许，同样的结局会再次出现，在电影结尾处，消失消散，后会无期。

这一别，人生风景依旧，但缺少了知己，人生余日自然光辉短浅。

我们只是过客，就像断线了的风筝，随风渐行渐远。

我去找你，人生皆大欢喜，那时热情还会有，只是不舍不再出现。

我不去找你，人生自然后会无期，那时我也许会在偶然间翻开日记，细数从前。

长大后，即使我们再怎么留念从前，也不会再拥有孩童般的团圆，也不再像从前那样，谈笑每一天。

我们会担心自己，担心自己身边的风景逝去。

也许，我们依旧会遇见很多人，唱起无数自由的歌，演绎无数不同的电影，但是别忘了，人生苦短，遇见是错过最好的伴侣。

这里已经很久没有下过雨，雨中的风景也自然没有偏执想起。

被时光抚平了思绪，渐行渐远，我们终究后会无期。

我们只是过客，演绎了一场不算完美的电影，做了一场不算荒唐的春梦。

但还好，能够在韶年相遇。

如若有一天相遇，我回头看见了你，请喊我一声，我会对你说一句，后会无期。

总有故事会让你踌躇不前，
以及泪流满**面**

我在老地方等你，等你的回信。

我们约定时辰再见，品一壶茶，喝一回酒，梦一场没有结尾的喜剧。

我们要一起看黄昏，数夕阳光影，想过去的每一个瞬间。

你离去，我在终点等你。

你还在，一起坐在江边，闲谈几句，让思念在脑中打转。

故事太多，想起往昔故事表露真情。

我们会踌躇不前，以及泪流满面。

那是岁月遗留的痕迹，敲鼓鸣钟，好好珍惜。

循环一首歌曲，不要特别抒情的那种，也不要重金属特别浓厚的那种，不疾不慢最好，就单纯地倾听那首歌的旋律。

戴上耳机，不用太大声，用心听就行。

被带入某种环境，被喧闹声惊醒，感动也在情理当中。

沉浸在乐曲当中，不吵不闹最好。

用心听。

也许多年后的某一天，当你再次听到这首歌的时候，你会不由自主地想起某个人，在过去某个温暖的瞬间。

也许某天你会与这个人擦肩，然后彼此看着对方幸福地说道，好久不见，我怀念从前。

也许多年后听到这首歌曲，你会不由自主地自我陶醉，强迫自己忆起从前。

这样最好，被记忆萦绕，身不由己也好。

宿命太过危言耸听，所以我们都选择了袖手旁观。

做一个安静的人，在漫漫红尘中守住旧时光。

于你于我，不恋不见，最好。

少一人，多一滴雨滴。

从此，大雨倾盆。

多看一处景，少一分抱怨。

从此，追逐心情，守望心安。

在陌路中叹息，不如归隐田野，晨起暮归，饮茶品酒。

每一个仓促而又不得不前进的脚步，在光影中徘徊喘息，渺小而又不寂寞，华丽而又不喧闹，被人注意，拖着自己前行。

每一个被人偶然记起的往昔，在时光的簇拥下，变得格外光亮，照耀后人前行。

越来越多的人喜欢回忆，终于有一天，他们说出了原因，他们喜欢回忆。

故事使他们踌躇不前，看到过往经典，泪流满面。

某一个不经意的眼神交流，某一个可有可无的人，某一个匆匆而又不能停息的脚步。

在光影中变得辉煌，在星空中变得耀眼。

被角落珍藏的往昔，随岁月积尘，逐渐变得黯淡。

我们偶尔向往，偶尔留恋。

那些想被记起的故事，也随着我们的旋律，偶尔支离破碎，化为漂浮的晶莹泡沫。

虽然华丽，但不给我们任何喘息的机会。

后来，向往的人终于没有了热情，只是在心中留了一块空地，赋予月圆，寄予思念。

明朗的光影下。

追随内心久久难忘的经典，踏过流连街道的每一个痕迹，每一个不为风动的风景。

坐在那里，等白日倾盆大雨，等晴天光芒万丈。

渴望故事的再度温暖，希望看到某一个经典片段再次被点燃，点燃应有的热情，该有的思绪。

也渴望那些经典向自己挥手致意，令自己再一次泪流满面。

那些辗转于街头小巷的故事，被无数人鼓掌叫好，烘托出美丽。

有人会笑，笑它的不经典，没有被传唱的资格。

也有人会落泪，感动的是它存在山野，传于民间。

人们议论纷纷。

其实，故事无论多微小，都足够后来人学习借鉴，也足够前人刻骨铭心。

传唱故事中，我们会发现自己的错误，只是更多的时候，我们只是摇摇头，然后大步向前继续走。

有时，回想经典，会不自觉地想起故事中的每一个细节，会记起那份感动，会扬言那份壮语，也会在心里将过千遍思绪，谢谢现在理解过去坚强的你。

成全了过去该有的热情，每一个微小细节都深深印在心里。

终有某一天，你会不自觉地回想过去，看着风景，踌躇不前，泪流满面。

你还是一如既往，何时扬名立万

你希望可以在历史的长河中留下自己的名字，留下自己的足迹，希望自己扬名立万。可你还是一如既往，和从前一样，走熟悉的街，去熟悉的地方，想念熟悉的人。

你一如既往，何时扬名立万。

偶尔你会突破自己，打破之前的规律，不像从前一样，你觉得你在成长，没有墨守成规。

其实，你只是在骗你自己，你还是一如既往，没有做任何改变，也自然不能扬名立万。

还是一如既往地选择沉默，因为沉默，你错过了一些你想留住的人，也错过了一些你想遇见的人。你想让自己变得强硬，可遇事总是选择沉默，终究还是再写一个没有故事的剧本。

你的故事太多，后来你成了人们心目中的诗人。时间一长，被人捧得很高，你会忘了当初的初衷，从此，你的世界里只剩下了空白，写出来的东西也不再有人为你鼓掌叫好。

原来你还是当初的你，还是一如既往地成长。

你梦想成为世界级的舞蹈大师，你会失败一千次，也会站起来一千次，看着镜子里面的自己，你会对自己很失望，连一个小小的动作也完成不了，虽然说你已经是你周围人中的翘楚。

你会对自己提出很高的要求，有时你会分不清自己真正需要什么。

你会给自己制定一个小目标，一个看起来贴切的目标，你会奋斗，你会努力。

你在改变，不想一如既往地放弃，你努力了，当然有一天你会得到自己的所有。

还是一如既往地向前奔跑，遇到十字路口习惯性向右走，也总是在路上步步回头，生怕有人会跟踪你，步步紧逼。

还是一如既往地希望得到别人的鼓励，年少气盛，情绪有高有低。

遇到失落和不如意，比别人走得都慢；碰到幸运，走得比谁都快。

还是一如既往地一个人去海边，风景会大不相同。你会看到许多风帆，也会想到诸如过尽千帆皆不是的诗句，这些都是触景生情，也许你和风帆一样的孤单，也许你们都有难言之隐。

沙滩会有许多细沙，你会不由自主地注意对比，原来沙子也有粗细。

海里有各种海草，形状不一。你会想起漂游瓶的故事，也会随手捡起一个瓶子，扔向海里。你以为会飘得很远，后来才发现，其实大海也有束缚力，瓶子会一直徘徊在海边，踟蹰不前。

远方寄来的邮件，通过海浪邮寄，你会不以为意。其实每个邮件里面都会有一个故事，一份心情，当然，每一个都要好好珍惜。

还是一如既往地在某个熟悉的黄昏深思熟虑，翻开日记，看岁月里面的小插曲，会不由自主地嘲笑自己当初的处境，也会怀念深刻在内心的熟悉场景，会感叹自己的文笔勾勒不出惊天动地，但故事细节微小，足以刻骨铭心。

还是一如既往地倾听岁月的歌曲,在手机上不断添加更新。以前的舍不得删去，留下来，碰到某件烦心事情，再次动用耳机，循环一曲，别人会嘲笑歌曲已经过去，处处显露岁月痕迹。不用担心，他们迟早会怀念，怀念从前的自己，只是，没有歌曲，过去只是空口无凭。

还是一如既往地听老人们在树荫下闲谈过去，那是他们独特的人生经历。他们走过从前的森林，燃起过篝火，有时他们会感叹，人生如梦，有时也会落泪，仔细倾听，他们的过去会成为你笔下独有的日记。

还是一如既往地去旅行，去森林听鸟鸣，听风铃，在鸟鸣中体会自然的呼吸，随风而来，随风而去。风铃中感受内心，岁月流长，故事更改。
还是一如既往地区分自己的角色，每一个都足够清晰。

你总是双手合十，虔诚祈祷，你希望能够很好地改变自己，想要时光改变你，改变你的心情，你的智慧，幻想变成什么都无所谓。
可做的事情总与过去挂钩，成功还是以前的小惊喜，犯的错也有以前的痕迹。

总在一如既往地生活，自然不能扬名立万。

风景不用太在意，用心倾听就行

繁花似锦的风景，人去楼空，再热情也不像当初。

与红尘一笑，留一处伏笔。

等再来时，再与熟悉的风景挥手致意。

我来过，别来无恙。

离去的，会成为风景，随时间消去，烟消云散。

留下的，好好珍惜，像浊酒自清，自会发酵生香。

你说，与风景惺惺相惜，已将自己交付给了风景，你们早已融为一体。

可是，总有一天，风景还在，你不在。

不过一场回归清净，也不过终将诉说一场难言之隐。

上演一场没有纷扰的舞台剧，剧中没有任何道具，只有一处风景伴你。

你会忘记编排好的剧情，顺其自然，热情去演。

故事太长，不过你会珍惜，也会回头看看，自己走过的路。

花期会过，枯叶会落，不用担心这算不算完美，静候轮回，再说风景很美。

枯藤老树，夏荷冬霜，这些都不用太在意，用心看，这些风景其实有别的用意。

　　对于不同的风景，用不同的心听，留意故事的编排程序，一个人也能塑造风景。

　　也许，你会执着于灯红酒绿，也许，你会静下心来，一个人看一处风景。

　　被人遇见，确定对的风景。

　　对过去的风景不要再提，无论有多么的完美，终究还是过去的风景。

　　明天多好，有人陪你，开心点，不要在意过去。

　　你说，这里有风景有你。

　　最后，别人看的是风景，而忽略了你。

　　你说，感激这里风景迷人，虽然只是曾经。

　　姹紫嫣红，红尘看遍，路过的风景不用太在意。

　　尘缘如梦，终究物是人非。

　　用心听，听那些风景的声音。

如果我们不曾遇

见

我们曾经义无反顾，我们曾经踌躇不前，我们曾经满怀希望。在细节分明的四季里。

匆匆相遇又匆匆离开，在繁华的四季里。

匆匆相遇变为流水过客，被现实彻底击打，临时转变了方向，奔向下一个不熟知的地点。

记忆被遗忘了很久，在某一个无关痛痒，放过牛羊的山坡，被我们丢失在某刻的黄昏，被永久遗忘。

也许记忆会随时间发酵，在某一个光芒万丈的清晨，或者在某一个鼓掌叫好的黄昏，再次回头。

说一句：咦，你还在这里。

匆匆出现，又匆匆消失。

好像不曾出现在彼此的世界里。

消失许久之后，变得陌生，擦肩而过也不知道相遇。

于是渐渐清醒，我们不曾相遇。

如七月流星，如八月鸿雁。

离开，意喻不曾相遇。

在我们即将离开的时候，在我们踌躇不前的时候，在我们互相告别的时候，在我们相见恨晚痛哭流涕的时候。

在我遇见新的陌生人的时候，在我遇见万丈光芒的时候，在我满怀希望的时候，在我怀念你们的时候。

我会定时出现。

如果你愿意，我就在终点等你。

某天，某刻，某秒。

你出现在我的世界里。

故事太少，但还好已经遇见。

某年，某月，某日。

你消失在了我的世界里。

故事太多，但谢谢曾经有你。

人生忙碌,谁会突然奔向某地,谁又会执着在原点欣赏风景。

不曾相遇，何必风卷云起，淋湿了雨衣。

不曾相识，何必蝶翼张开，飞向光明。

细节无关于痛痒，坚守的人终会清醒。

在下一个路口，写下感谢相遇。

夜晚传来钟声，风吹动着彩虹。

在七色光里写下：如果我们不曾相遇。

如果再见，请保持你的热情，我会去找你。

如果再见，请保持联系，我会在终点等你。

当我们再次相遇，希望蝶翼依旧崭新。

我还爱着你。

（一）梦一场

故事的开始，天下着雨。

我站在窗边，看着打伞的你，低头走过我的面前。

我知道我们从未见过面，可不知怎么的，对你总有一种特殊感觉，那种感觉我好像从未有过。

似曾相识。

我看着你的身影向前方走去，走远，直至消失在我的视线里。

我们偶遇在那天晴的时候，你抱着三两本书走过我的面前，我看着你，但你没有看我。

原来你那么美，美得可以融化整个世界，宛若春花刚盛，开在荒芜之地。

我们匆匆离开，甚至连廉价的一眼都没有给予对方，就这样，擦肩而过，在我再熟悉不过的地方。

可能我们都在留恋远方，忘记了近距的你我。

在黑不见手的夜晚，心里想的只有你一个，我不知道，你的记忆里是否还有一个陌生的我。

沉入梦乡，在梦里，我梦见了我们，嬉笑在那开满樱花的地方，穿着樱红色上衣的你，依靠着樱花树，看着远方。

风起时，樱花散落了一地，点染了红衣。

想牵你的手，可是你总是在我的前面，与我保持着一定的距离，也许，你从没有在意，而我像疯了一样，跟着你，跑着，渴望拥抱你，讲述我们之间的秘密。

可是我们之间总是有那么一段距离，不曾走远，也不曾走近。

天亮了，梦断了。

我像从前一样，期盼着你的出现，希望得到你的多一眼。

可那以后，我再没有见过你，我极度恐慌，害怕失去你，于是在人群中拼命寻找你，你的身影。

故事的开始，也许已经注定会失去你。

我在人群中继续寻找，你的笑，我的泪。

天亮的时候，假装自己一个人自娱自乐，看淡尘世烟火。

夜黑的时候，看繁星铺开的画面，想你微笑的脸。

原来我们之间，没有收尾。

雨停了，回到梦中，再梦一场。

梦一个画面，尽量完美，在晨曦下，为你抚琴。

在梦中独奏。

（二）如果爱

你说，有些人不必再等，再等下去，也是孤独。

我说，人要有一点点追求，即使最终结果不是我想要的。

你说，我们的交集，只是旧时光里没有带走的泡沫，可望而不可即，也说，当初我们不该相遇。

我说，我明白的是过去，不明白的是回忆，苦苦纠缠的交集，只有你能作答。

你说，你对我说过的话都是谎言，只是让我有些心安，让自己不要感到亏欠，也不要留恋。

我说，你说过的谎言我都知道，只是我还是将那些归类为誓言，满足着自己的内心。即使欺骗，也要怀念。

你说，让我提早忘记你，不要再寻找你。

我说，我还想留住你，让我们的过去刻成胶片，不断重播表演。

你说，痴痴地等下去，只会两败俱伤。

我说，等下去有两种结果，一种是同意，另一种是在一起。

你说，你的选项里面没有那两种，只有第三种，那就是忘记。

我说，如果忘记，也要好好珍惜。

你说，为什么要这样偏执，天涯何处无芳草。

我说，世界虽大，心却很小，容不下除你之外的其他人。

你说，没有必要将时间浪费在你的身上。

我说，没有付出怎能会有收获。

你说，即使我等下去，也不会同意，更不会在一起。

我说，无论结果，都会等下去，因为青春终会犯错，又何必将忧伤传到另一个人身上。

你说，真的对不起。

我说，不要说对不起，因为这是我上辈子欠你的，谁让上辈子许下了诺言。

你再没有说话。

我最后说了一句，不会放弃。

从那以后，你躲着我，我找寻着你。

我们唯一的交集，也只存在于黑夜与天明交流的短信。

你写着，晚安。

我写着，早安，世界。

（三）原来爱

爱有时很简单，简单到相互理解，简单到相互包容，也简单到彼此保守秘密。

一个人爱上一个人不容易，一个人离开一个人也不容易。

我们总是怀疑，自己当初或者现在的选择是否正确，是否选择了和正确的人去长相厮守，天长地久。

带着所谓的疑问，我们进行着选择。

有一个人去选择你时，你还有另外一个选择，那就是寂寞。

当你选择寂寞的时候，另一个人就是衬托。

当你选择一个人时，寂寞就是陪衬。

两者之间的差别，我们都懂。

当有两个人去选择你时，你会有三个选择，包括寂寞。

选择了正确的人，你会幸运一辈子。选择了错误的人，你会后悔一辈子。选择了寂寞，你虽败犹荣。

在爱情面前，每个人都将是独一无二的，没有争吵，没有玩笑，没有理论，这不叫爱，而是作弊。

爱一个人很难，真正爱上一个人更难。

在爱面前不用刻意，知道自己的初衷就好，但有时真正爱的人会等一辈子，会为爱的人做任何事情，包括孤独。

遇见你，是我的幸运，因为，爱需要保守秘密。

（四）陪伴

站在城北古墙上，看着远处盛开的花树，轻风吹过，摇摇晃晃。

繁花落叶散落了一地，落了许久，无人打扫，这样也好，有了落叶的陪伴，古墙也不算落寞。

远处的山林，近处的蔓菁，还有看不清的细纹波痕。

在城北观望，良辰美景。当然，还有城南的你。

也许，你在城南观望，永远是地平线。

听城南的风，等城北的曲。

你在城南看晨曦，而我在城北写笔记，只为记下，写给你听。

我们彼此在城南城北，看待一朝一夕。

我们遇见过，可是那只能是记忆的模糊片段。

　　记忆永远是模糊不清的，即使我们再怎么努力回忆，留下的都只是短暂片段，就像电影里的剧情一样，断断续续。

　　岁月如故，我们从未离开，你在城南依旧听风，我在城北依旧等你。

　　不见，或许是真正的陪伴，有了结局，就不必在乎剧情。

　　两个人，照样能演完一场生死电影。

　　彼此陪伴，也算弥足珍贵，与你一起，看繁华百态，日落晨曦。

　　这样，也好。

　　陪伴光的脚步，彼此之间，不离不弃，有你，足矣。

　　如果你愿意，我就在我们相约的老地方等你。

　　再见时，我会对你说一句，感谢遇见你。

愿再见时，我们已是最好的我们

我们遇见对方，相互鼓励前行，久而久之，我们成了最好的我们。

被光芒照耀，被绿枝环绕。

渴求生生不息。

我们义无反顾地离开了最初的原点，向前奔跑，向着曙光与希望前进着。离开的时候，没有留恋任何值得珍藏的东西，任何的人，任何的物，也什么都没有带走，就那样，赤裸裸地离开了，永远地告别过去。也正因为如此，许多人与我们渐行渐远，沦为过客。

离开时，没有留下任何踏过的痕迹，原以为这样子可以让世人遗忘掉我们的存在，遗忘掉我们当初的痕迹。

可世人总是将遗忘变成回忆，记在心里。

有一些人在我们离开的地方，依旧站在那里，久久观望着，并努力抬起脖子，看向远方，我们前进的方向，哪怕只能看见我们的背影，也在拼命瞭望。

那些人在原点默默地为我们祈祷着，祈求上苍能把最美好的东西赐予我们，他们流着眼泪，深深想念着曾经和内心独处的回忆。

我们的离开，说明不了什么，但对于他们来说，就不止匆匆一瞥那么简单。

也许，终有一天，有些人会代替掉我们在他们生活中所扮演的角色，代替掉我们曾经的辉煌与成就，成为他们眼中的新宠儿。

但无法否认，后来人永远代替不了所有，我们的曾经，我们的坚强，我们的笑容，还有那值得永恒祭奠的过去。

虽然终有一天，我们会告别掉过去，但那些年的想念，始终存在我们心中，永远无法遗忘。

奔跑中再次回首，可能当初演戏的人，早已经沦为看戏的人了，写剧本的人早已经变为演戏的人了。

岁月的背后，可能到最后只能在空荡的戏场中，独自欣赏舞台上的华丽舞姿。

像从前一样，春天去小溪边捉蝌蚪，装进塑料瓶中，会比谁捉的多，比谁捉的大。

那时，我们狼狈不堪，形象也算不了什么。

像从前一样，夏天去老梧桐树下乘凉，一下课，就比谁跑得更快。

那时，跑在最前面的会成为绝对的有发言权的人，我们没有半句怨言。

像从前一样，秋天捡来梧桐树叶，去掉叶片，留下树叶根。会比谁的树叶根韧度更好，两两相交，相互鼓劲，谁的先断了，就算谁输。

那时，断了也不会悲伤，又会找新的来比赛，我们孜孜不倦，输赢也算不了什么。

像从前一样，冬天穿着小棉袄，遇见下雪，会很疯狂，叫上三两同伴，在一条看不到头的路上滚雪球。

那时，雪很大，滚的雪球也大。有时，会不知道滚到哪里去了。我们没有丝毫抱怨，又重新开始，直至雪球滚成我们心中的模样。

像从前一样，我们没有伴侣，拖拉前行。

后来，我们长大了。

成了现在最好的我们。

破旧老照片，古树上刻画的模糊预言，不经传的这些，被我们定义为美好瞬间。

在熟悉的电影院里，看着我们熟悉的电影片段，那些早已看过几十遍的故事。

原以为故事会随时间位移，结尾会改变，可是还是没有等到完美交接，就以悲情收场，尾曲依旧茫然。

小说片段里的那些值得我们学习的永远，还是被时光彻底遗忘。

再见之后被遗忘在熟悉的角落里，却早已落满灰尘，被人遗弃。

走过弄堂小巷，发现我们最初的诺言还留在起点。

在等我们遇见，也许在等遇见最好的我们。

转眼片刻，已是一世。

遗漏的沙，扬起的尘，把我们困在这个喧嚣时代里，我们会错过美好，失去对的人，也会遇见悸动，遇见错的人。

有些人还会遇见，有些人注定会失去，也有些人转眼片刻，不再相见。

我们说过再见，可是每个人都害怕说再见，因为再见之后遇见会很难。

结局不能改变，只能牢记，过去的每一个瞬间。

从前以为花落了，雨寂了，雪融了，爱会回来，会饱含热泪地重新来过。

于是，骄傲地等待着，等待着花开雨落，冰冬雪季，等待着有背影的地平线。

可是一切，都好像是时间开的玩笑。

等了不知多久，还是一个人继续游荡在喧闹的城市里，孤独走过。

现在也不再像从前那样，原来预言只是时间留下的谎言。

繁花凋零，成为尘埃。星辰陨落，万物复苏。

当你悼念芳华，或许我已经在通往花季的路上，赴你最后之约。

愿再见时，你已是最好的你，我们是最好的我们。

你好，世 界

生命的旅途中，我们会遇见许多人，偶然遇见，或者半路消散。

与陌生人的欢聚分离，成就了现在奔向前方的我们。

在这条路上，我们会祈求平安，也会感慨万千。

感慨以后，然后继续向前大步走。

向前走，越走越迷茫。

于是开始害怕，害怕颠沛流离，害怕流离失所。

种种的担心，使我们的心情变得格外惆怅，格外紧张。

其实，不用担心，也不用刻意让细胞分裂。

在林林总总的故事里，总有人会提前收拾好行囊，在你即将前行的道路上等你。

你们会一起走，贯彻故事的全局。

从此，他属于你的世界，你走向他的世界。

你们共同出现在世界上的某一条街巷，某一条公路，某一片田野。

你们越走越远，直到荒芜世界的尽头。

（一）早安，世界

紫色蔷薇，梦中绽放，盛在夜中，和雨露共息，静待天明。

天亮时，一切如约而至。

蝴蝶翩然起舞，漫飞在花草丛中。百花争相开放，争妍斗艳。

空气中传来的乐声，在耳边徘徊，因为美好，忘却了时光的匆匆脚步。

未央湖中，蜻蜓点缀着波纹细浪，芦苇随风摇荡，美妙也成了清晨人们的向往。

阳光正好，便要出行。

骑着单车，轻快行驶在新修的公路上，任车轮肆意摩擦，耳边传来阵阵清风，呼吸着清新空气，一切都是如此美好。

路过一片草坪，停了下来，将单车停放在草坪旁，自己坐在那片草坪上，看着远方游走的云和雾。

转换姿势，躺了下来，闭上眼睛，感受着大千世界的美好。

原来怀旧的图画从这里描绘。

回到家中，取出一张彩色卡片，写满了清晨的问候，折成纸飞机，扔向窗外，飘浮在空气中，划过蓝天，划出一条美丽的弧线，直至消失在眼前。

残存，内心世界的卑微，用晨钟警告，尘世美好。

在荒芜世界里，数不尽，尘世繁华。

花开，斑驳细雨，轻绘了几线鸳鸯谱；晨曦，透过东窗，奏响了笙箫唢呐，满街传唱。

清晨独往，美妙回忆，如此甚好。

一切如故，早安，世界。

（二）午安，世界

在喧嚣声中，我们骄傲徘徊，在这座城市里面。

万物静谧，如此枯燥，原来太阳当红。

睡意开始侵入脑细胞，催人入睡，好像昨晚的梦还有续章。

停止问候，推开窗，静听世界的声音。

蝉鸣，点染了喧闹，整个世界也随之附和，在骄傲中感动。

燕雀静立梢头，仿佛在等世界安静，天高云淡。

沙丘，风吹过，积攒成了高粱，万荣音脆。

指间，流淌着微薄的气流，仿佛时光在我们手中，来不及抓住，已经逃走。

数不尽的匆匆，写不完的笔记，在喧嚣声中。

待世界憔悴，将故事写完，留下终章。

斩不断的故事，听不完的戏曲，徘徊在老街坊，树荫下，老人们听着，津津乐道。

也许，等世界安静下来，再与你诉说，关于光阴的故事。

一切如旧，午安，世界。

（三）晚安，世界

世界很大，我却很小，被圈在小小的空间里，不能自已，准确地说，或许，我正在代替他人存活着。

不知道怎样走进这个世界，与人为伍，喧哗一片。

乔装打扮，换张面孔，还是索性戴张面具，活在虚伪中。

这个世界尽是清平，如果光明正大地走进，我害怕会带去污浊，玷污了世界的清白。

躲藏，还是逃跑。

将自己遗忘在某一个角落里，等到众人喋喋不休时，再以惊奇者的方式出现在他们面前，或许那样世界就可以接受我。

　　肆意宣告，原来只有黑夜能够容纳我，在宁静之中。

　　夜黑，繁星有时会出现，有时会躲藏。

　　出现的时候，静静地看着星空，有时也会跑到空旷的地方，闭眼许下自己的愿望。

　　躲藏的时候，关上灯，在黑暗中寻找闪烁的微光，哪怕一点也足够，起码这个世界知道，还有燃起的希望。

　　如果，世界包容了我，我会找一块土地，用尽自己的力气，让它成为世外桃源。在荒芜之地上撒下几粒种子，或许，春天来的时候，会花开满园，遍地芬芳。

　　一切如愿，晚安，世界。

第五幕

十里春城

城南之北，城北之南；山的这边，海的那边。

因为相遇，我成为现在的我，你成了过去的我。

城
南
花
开

我有花三束。
种在城南。
但愿七年后，城南花开。

总有故事无关痛痒，却在故事中人人自卑。
想回头处好，却时过境迁，只剩一身狼狈。

一身罪恶，藏在昏暗中，被人挑剔。
只是，故事太少，缺少主角。
逐渐杳无音信，渐行渐远。
像一纸情书，布满灰尘，至今无人邮寄。

所有和你有关的故事，都变成了想起时的为难。
挥挥手，好像你从未出现在我的世界里，我们只是陌生人。
也许，比陌生人多的，只是相遇时的一道呼吸。

银河九万里，从未斟酌。
在星河中，逐渐忘记。
原来，我们也有曾经。

我们所有的故事都没有结局。如果真的要加一个副标题，
那，观后无感，就可以。

一路疯癫，摇摇晃晃。
走过大陆拘泥，漫过小溪维系。
在我的方圆五里，从此少了你的声音。

我脱口而出，你的姓名。
只是在我的方圆五里，都不曾有回音。
慢慢，我忘了自己。
渐渐，你只属于你。

城南旧事繁多，我已经忘了与你的故事。
城中有回音，奏一曲琵琶曲。
余音千里。
从此，城市里少了拘泥，多了风景初好，城南花开。

菩提树下数姻缘，挂满了祝愿。
我知道你在城南遥望这里，找寻故事的开始与欢喜。
不过，对不起，我不能陪你余生，只能到这里。

城南花开，点点雨滴，落在花上。
我欠花一把雨伞，不过还好。
花间有你，在听雨落时的协奏曲。

雨滴生涟漪，尘缘泛起。
城南出师七八里，却不见花开相迎。

声音卑微，不作序。
就像一篇没有逻辑的散文诗，从头到尾没有押韵。
却从头到尾句句连贯，充满意蕴。

在哪里生存，在哪里落雨。
总在嘲笑自己，故事总有结局，何必多此一举。

我躺在山丘之上，站在河流里。
原以为会与他们融为一体，形影不离。
最后才发现，我始终孤独地活着。
被空气阻隔，被泡沫分离。

人微醺，华灯初上。
尘埃扬起，枫叶飘落四五里。
心里藏着某一人，日夜欢歌。
不管别人，只剩自己。
方圆五里只有自己的呼吸。
来时，花开相迎。
走时，繁星万里。

城南花已开，我斟酌着故事结局。
待秋风起，花瓣落满黄花路，我等你。

城北七八里

故事很短，充满了平淡。
悲剧充满喜感，喜剧却总在左右为难。
转身离去，留下背影。
只是怎么看都没有喜感。
向城北七八里，横着走，还是不习惯。

所有唱的京剧都和你无关。
我只是里面的小角色，一个丑角。
点粉满面，掩饰着自己的骨感。
你在场下努力期待。
我在台上尽情表演。
我知道，你不知道那个丑角就是我。
不过，认真看，真的充满了喜感。

写了那么多的离散，说的话也开始溃散。
掩盖自己的悲伤，等待故事最后的圆满。
只不过，结局都是等候线。
车已开，已经过了安检。

努力期待，分别时的为难。
去午夜离散的酒馆，点一杯酒水。
从热闹到平淡。
打烊离散，从光明到黑暗。

城北七八里，听歌一曲。
来了鹦鹉，走了青雀。
放不开，始终徘徊。
梅花露出墙角，怎么看都像在反驳。

所有的不习惯，都在天明时变成了喜欢。
走得太久，瞥了一眼传言。
预言成真，只是过程有些为难。

我奋笔直书，三行五句。
写情书给城北的你。
不论你在哪里，我都会邮寄给你。
见字如面。
里面有游记，有鸟语。
如果你看得见，请斟酌每个字句。
篇幅不长，但都有深意。
我在城南想你。

习惯，假意真情。
不敢，才有开始的喜感。

城北七八里，有你的足迹。

落在每页书上，滴在每滴雨里。
我路过城北，只是深深叹息。
终于，还是错过了你。
江湖相忘，不再等你。

背好行囊，勇敢走开。
向城北七八里。
越来越多的感慨。
故事有很多意外，不经意间又出现了伤害。

委屈变成了为难。
想成全圆满，可两面为难。
总想着故事是否有喜感。
在对白后才发现故事一点也不好玩。
悄悄退却，以为这样很勇敢。
原来，只是一场溃散。
故事已经说完，人群离散。

那朵玫瑰依旧孤零零开放，在阴暗的角落里。
无数人路过，投来凝视的目光。

无数人欢喜，无数人前仆后继，继续着理想，他们和不知方向的你一样，怀揣着梦想，在光明的路上，孤身前往。

有些路适合一个人走，有些歌曲适合一个人听。
我们都在自己生命中的某一刻绽放着光辉，书写着自己的波澜壮阔。
你不知道这个世界上有多少人和你一样，手无寸铁，坚持着梦想。
但他们依旧在前行，依旧在向往。

风景不同，不相为谋。
天色各异，满是胡同。

有了距离感，总有人会先行流出牵挂。
走得远了，总有人会先行退下。
路过熟悉的胡同，都会停步驻足。

无论高贵，还是优雅。

因为有了大雅，才催生了高雅与艺术。

也正因为有了大俗，才附生了庸俗与妩媚。

人不能分俗人与雅人，在不同人眼里，大俗即大雅，大雅滋生大俗，大俗催生大雅。

所以，不能偏执，雅与俗，共生共赏。

同一条路，有些人喜欢白天走，有人喜欢晚上走，都是一个过程，不存在你嘲我讽，毕竟，都是留给路过的路人。

故事太多，没人会再理一回，太复杂，谁会留意原来玫瑰与咖啡最般配。

你们相交相识，有欢喜，有落寞。

见面时，你们互相敷衍对方，心想，我只是匆匆来，即将匆匆去。

离别时，你们一一拥抱，互道平安，心想，再见我的某一段青春，下次再见，等我。

因为这一句等我，青春的荷尔蒙被再次激发，想着来时的路，以及即将走的路。

春风里，花开九朵；十里花，天各一方。

去年年底，嘻哈与小夏分手了，这是我见证他们长跑的第七个年头，见证着他们的欢喜，见证着他们的流离，以及一次次义无反顾。

随着分手，七年长跑也不了了之，画上了句号。

今年回来，嘻哈要结婚了，新女友家里催得紧，于是选择了结婚。

　　嘻哈给小夏打了个电话，希望小夏能够参加他的婚礼，他想让曾经的青春再陪他走一程，也算是对青春最后的仰望。
　　接到电话，小夏停顿了几秒，然后送上了最真挚的祝福。
　　两个人在电话里说了很多，回忆了许多关于他们的故事，都一样，喜笑颜开。
　　通完电话，小夏心里久久不能平复，走出家门，看着城市的灯红酒绿，对着嘻哈所在的方向，心里默想：愿你好好的，在以后的日子好好的。

　　婚礼如期举行，亲朋好友来了很多，大家都以为嘻哈和小夏会走到最后，没想到，故事最后，还是没有抵过岁月变迁。

　　开始，结束。
　　玫瑰，咖啡。

　　婚礼结束后，小夏默默地走了，没有和任何人打招呼，她不想任何人想起她，开着车子匆匆离开了。
　　在不远处停了下来，看着嘻哈与新娘的身影，许久许久。

　　车子发动，继续前行。
　　这是她与嘻哈走的最后一段青春，然后熄灯画上了句号。
　　回到家里，打开电脑，在 QQ 空间里，小夏对他们送去了祝福。
　　对嘻哈留言，你要好好的；对新娘留言，请善待我的青春。

　　总有人爱不完，总有故事讲不完，在匍匐前行的路上，我们只是青春的未亡人，代替着前人走他们未经过的青春。

　　玫瑰依旧开放，只是不再是一朵，而是成群结队。正如青春，在即将逝去的路上，等着再次开放，再次前行。

花开九朵，天各一方

不知道让你奋不顾身的那个人是否还在你身边，如果思索这个问题你略有迟疑，那一定不在。

因为你，有所怀疑。

来不及错过。

所以我们都在错过的路上，渐行渐远。

我们希望自己能够成为夕阳雨，伴着彩霞，洒落人间，期待一场圆满的欢喜。

希望等到自己喜欢的人，希望他风尘仆仆赶来，就像一幅充满情调的水墨画，织布与弹琴，那样芳香四溢，充满浪漫与刺激。

寂寥的风，清冷的雨，守候春风招摇万里，花开九朵。

满地的尘，松下的果，陪伴着花开雨季，天各一方。

每天，甲初都会在裤兜里揣一封厚厚的情书，他只希望有一天能够亲手交给午青。

他知道，虽然一切，绝不可能。

春城有严明的规矩，结婚相恋不能乱辈分，必须门当户对，所以春城每年出生的人都是成双成对，也就早早订了婚约。

甲初出生的那一年恰好春城闹了瘟疫，出生的孩童都死了，只剩下他一个人，所以长大后，他知道他一生注定一个人。

甲初成年那年看中了城东的午青，午青比甲初大了整整八岁，只是午青早早订了婚约，有了所归。

他没有机会，所以他一直在等，等一个机会。

午青三十岁那年，丈夫去世，膝下无子，所以孤苦伶仃一个人。

本来机会出现，可以成双成对，可惜城规森严，任何人不得越界。

所以，自那以后，甲初给自己定了个目标，他一定要比午青活得更长，更久一点，这样他们就可以同岁。因为死人的年纪永远定格在死的那一年。所以甲初要活着，比任何时候都要春光灿烂。

春城的风景一年四季不变样，永远是春季，所以越来越多的人选择生活在这里，一年一年。

甲初每天都会写一封情书，留存在箱底，一天一封，一年一年。

午青七十二岁那年，驾鹤西去，甲初没有落泪，而是欢喜了一天。

那年甲初六十四，他的生命还剩八年，他还得坚持八年。

甲初一辈子没有结婚，只收养了一个孩子，他把自己辛苦攒一辈子的钱给了儿子一半，捐了一半。

甲初默默守候了午青一辈子，他们没有结果，连话都没有说过几句。

甲初七十二岁那年，将满满一箱子的情书搬到了午青的墓前，然后点火燃尽。

他们的故事没有交集，只有燃尽的情书，以及守候的一辈子。即使故事渲染，只有黑白色调。

甲初七十二岁生日那个夜晚，离别了人间。儿子将甲初葬在了城东，因为午青的坟墓也在那里。

守候久了，是非颠倒，最后没名没分。

甲初的坟墓上长满了花朵，足足九朵，一年一色，循环不息。

每个人都是风尘而来，风尘而去。没有哪条规定让一个人等另外一个人，等待需要时间，守候更需要时间。

甲初守候了午青一辈子，没名没分，可他依旧坚守，依旧在等死的那一天。

他们的故事就像甲初那箱燃尽的情书，虽已化为了灰烬，但后人依旧清晰明了，回顾着章节。

有些人出现是为了成全某人，有些人出现就是为了磨炼某人。

但都一样，在不同的角度中，在众目睽睽下，奔向即将踏上的远方。

我们都是枯草，寄居在尘埃中，待岁月流转，催生华发，然后在某一刻，消失殆尽，灰飞烟灭。

不过没关系，化为尘埃，又将再次祈祷，感谢上苍。

你

雏菊生于篱笆旁，在初春时节。
雏菊说停留一会，片刻就走。
可留下就是一个四季。
篱笆说他遇见雏菊就知道，不想分离，一点点距离。

冬风漫过，他们停下了步伐。
都愿意，从青丝熬成了白发。
沾染了青葱与墨色，只为了报答。
终于幻化成风，融为一体，名字叫作你。

你在成长，也在认识新的朋友。
忘记对于你来说，只是轻鸿孤鹜。
随季节走，始于清晨，暮于紫霞。

在天地间行走，你只是自己的大英雄，也只是繁花散落的
自由。
伴着晨光，挽着彩霞。
寻找着下一个，可以嘲笑自己的勇气。

你总是嘲笑自己，嘲笑自己的懦弱。
遇到喜欢的人不敢追，遇到想做的事不敢做。
你一身才华，可你总是自嘲，自己就是个无名英雄，终究
凡尘，终究泯土。

怀疑，真情假意。
认真寻找，你需要爱的证据。
翻来覆去，表现积极。
只是看不清，什么才是命题。
没有人证明，假设再度跃起。

是不是可以，歇够了才有结局。
我懂你，不过只是善意。
你还不够资格，让我包容你。
我恨你，不过只是敷衍，只是新的陷阱。
让人揭穿自己，躲藏在角落里。
任人包庇，只是对不起自己。

忍受也改变不了结局。
只能略微知道，
原来你不是命题。

你走过湖泊，倒在雪里。
悔恨着自己的怯弱，
不敢自私地去表达爱情。
怀疑自己，历史原来不是自己留的伏笔。

你只怕没有知己，只怕没有结局。
忍着痛苦，
强装着自己很乐意。
然后，具体到故事。
发现配不上冬风驶来，春雨润淋。
一切都是故地雏菊，依附篱笆。

及
乌

"你一个人吗？"

"嗯！"

"他们呢？"

"他们，他们都走了。"

规定离校的前三天，825 宿舍仅剩下司马婧一个人。

面对空荡荡的房间，墙上留下的一张张合影，不禁感叹，愿像从前。

那些想留却留不住的夙愿，那些触目含泪的想念，在一场场离别中，变得更加落寞空虚。

一切最终都像电影剧情中的那样，成为经典，然后，曲终人散。

我们总是喜欢分别，喜欢拥抱后祝福。

可谁都知道，离别的只是曾经的自己。

泪流满面，然后一边怀念，自己的从前。

我们都是演员，只是表演得肤浅。

感受不到京剧的精髓，点面饰粉。

以为遗忘就是断片，也以为活着就是要体面。

偶有的狂欢是自己的，偶有的孤独感也是自己的。
只是留与不留，走与不走，都说明不了什么。
因为有些路是注定要你走的，有些酒是注定要你醉的。

欢与喜，悲与恋。就像曾经面对及乌泊说的那样，一切随缘。

这一次掌声送给即将远行的自己，送给执着的四年。
曾经可能还会回头说一句抱歉，对不起。
可现在不会了。
毕竟，有些人终究要走。
留不住。

感谢你的存在，让我少了孤独感。
相遇时片段的升华，最后曲终人散。

岁月如戏，更多给我们留存的不是回头再见。
而是当我想你的时候，却已发现，你在人海那头，我在人
海这头。
隔着一轮没有回头的四季。

不过，感谢。
不过，再见。

再见，再见

八百里，再见

这是春城大学位于东二宿舍楼的女生宿舍，门牌号 825，花田、白羽、浊清、司马婧四个女生住在里面，宿舍在 8 楼，她们又是来自四面八方，所以她们给宿舍起了一个外号，八百里。

八百里的故事很多，有欢喜，有悲伤，有善良，有丑恶，就像青春，猜拳画钩，其乐融融。

这是她们的毕业季，在这里，故事即将画上句号。

司马婧这次一个人去了餐厅，还是去寻找最爱的那家五花鱼。

但不巧这次老师傅回家了，只留徒弟在这。

老师傅和徒弟做出来的味道不一样，以往她都会拒绝，但这一次对于司马婧来说，不一样也行，刷了校园卡里面最后几元钱。

那一顿饭她知道，可能是在春城大学的最后一顿。不一会儿，小师傅就做好了，虽然味道不及老师傅的地道，但还凑合。

端到餐桌上，然后拿出手机拍照纪念，发了朋友圈。

走的时候看了看小师傅清晰的面庞，说了声谢谢。

小师傅也微笑地说了一句，欢迎下次光临。

然后转身走出了餐厅，这一次她没有回头，她害怕自己控制不住。

可走出餐厅的那一刻，还是没有挡住，泪流满面。

浊清又和男朋友老萧吵架了，算上之前的，在短短不到一个月的时间里，两个人已经吵了十多次，究其原因，都是因为异地恋。

浊清老妈希望浊清毕业后能够回到家留在她身边，毕竟在单亲的家庭里，浊清是唯一的女儿。

可老萧不想，家里面也只有他一个儿子，父母还指望他养老呢。

就因为这事，两个人在短期内吵了多次架。

最后，他们都没有回头，选择了分手。

不能怪任何人，总有天各一方的选择，在各方的压力下，两个人只能如此。

毕业的那一天，浊清去了一趟他们经常约会的地点，走了走，转了转，只不过这一次她一个人来。

转了许久许久。

项佐按照常例给白羽发去了早安短信，这是项佐发出的第四百七十二条短信，从未间断过。

每天他都会在固定的清晨给白羽发去问候短信，坚持已经一年多了，虽然在很多情况下白羽都没有回复。

这是他们认识的第九百四十五天，和好的第三百一十四天，他们爱过，现在也爱着。

毕了业之后，两个人商量着去上海找工作，这样就可以彼此不分开，在那里开始他们新的生活。

项佐有写日记的习惯，他的日记已经写了五百四十九页，从他决定追白羽的那一刻，他就决定每天写日记，写关于白羽的故事。

项佐希望这个日记能够记录他们的现在以及未来，在老时白羽老眼昏花的时候，读给她听。

花田是她们宿舍最胖的女孩，有一百六十多斤，个子不高，但脾气特别好。

她没有对象，但她却一点都不在乎，因为她有各种各样的男神，她经常把偷拍的照片给宿舍其他人看，以让她们称赞自己的欣赏水平，殊不知那些男神只是校园模特队的，她认识的没有一个。

花田很早就有一个愿望，就是希望自己在毕业的那一天能够让所有男神签名。

花谢花开，到了毕业的时候，花田没有那么做，只是简简单单地远望着他们。

离别的时候，她还专门去了趟模特队的舞蹈室，再去看了他们一眼，即使，他们中没有一人认识她。

那一次回来，花田哭得像一个孩子，哪怕有再多的零食也哄不了她，她哭的声音很大，但没有一个人选择去安慰或者提醒她，因为她们只想让花田一个人默默放下，然后默默忘掉。

离开的那一天，司马婧叫了专业的摄影师给她们拍照留念。

那一次，没有哭，只有笑。

她们像花一样绽放，像莺一样自由。

　　她们有一张照片是这样的，四个人在操场百米起跑线上，做着起跑的动作，就像当初来大学的第一天，一样的动作，一样的神情，一样的向往。

　　只不过这一次，真的是终点。

　　司马婧让摄影师傅喊口令，她们想再跑一次。

　　预备，跑。

　　一百米的距离，大学四年，就这样，在几十秒的时间里画上了句号。

　　不过，每一个人都有一样的心情。
　　感激不尽。
　　谢谢你。

　　她们约定十年后再见，也许那时默契早已不再；也许，已经陌生，有所拘束。
　　但每一个人都不会忘记，曾经的记忆，以及每一声清晰的谢谢你。

　　如果青春将有毕业的那一天，我希望你们能够喜笑颜开，不要泪流满面。

　　但愿十年后的你，还能记得我。
　　如果那时，你还能记得我。
　　请吝啬点，保留所有。

子

墨

a. 失声

我像极了一个诗人，那样沉默寡言。

倚靠在白杨树。

许久许久。

正如给煦风书信里面写的那样。

一等，就是十年；一默，就是永生。

这世上没有无辜的人，也没有爱哭的人。

只有，错过对的人。

我陪伴了她 10 年时间，从小学一直到大学，我们走过每一个清晨，走过每一个午后。

她爱糖果，所以我假装自己也喜欢吃，每次都买满满的一大包，而自己只吃一个。

她爱哭，遇到不开心的事总是会落泪，所以我学了很多笑话，想当她哭的时候，每次都能出现，讲给她听。

现在呢，她即将结婚了。

而我的使命，也即将结束。

我爱她，可到如今她就要走进婚姻的殿堂里了。
我还是没有告白的勇气。

我想着无数个和她一起走进婚姻殿堂的画面，想着无数个朋友给我们道喜祝贺的画面。
想着那是春风和煦，有暖阳绿草的日子。
我们互相挽着对方的手。
你看，我都想象到了，可我就是没有勇气对她说，说那句我爱你。

我渴望从她最爱的男人手中接过她的手，从此白头偕老。
也害怕牵过她的手，就好像某段生命走到了尾声，春风忽然间变成了夏雨。
对，我是一个不喜欢哭的人，也是一个不喜欢看到哭的人。
所以，我害怕那一刻出现，想着她泪流满面的样子，我害怕。

我总是问自己，我都想到了各种美好与不美好的场景，为什么不敢自己试一试呢。
十年同步，所有的风雨我们一起走过，所有的泪水一起承受，所有意料与未预料到的都经历过。
除了那句我爱你。

我总是嘲笑自己。回忆的画面里充斥着种种的不满与绝望。

终于她还是走进了婚姻的殿堂，和我想的一样，新郎不是我。
我是台下的一名看客，绝望中带着满足。

她结婚的那一天，我哭了，生平第一次哭，哭后才发现。

原来爱到深处，自然变成了永远。

也终于她有了最开心的时候，比和我在一起的任何时候都开心。

我觉得，值了。

门前的老树上依旧有布谷鸟浅唱，桥下的流水依旧流淌。

从此，我归隐山林，不问世事。

b. 晷曜

子墨在毕业后没有回家，选择了在青岛打拼，他发现这座城市所充满的魅力是他一直梦想的。

他在宿舍墙上贴了一张中国地图，他每天看一个地方，画一个地方。

他想去很多地方，去见许多风景。

他看了 87 个城市，从南到北，从东到西，只是每一次，他都会先看一眼青岛，然后去看其他地方。

只是最后，还是选择了这里，靠海的地方。

他梦想自己有一幢房子，靠近海，靠近山，靠近繁华的街市。

春风来聚的深意，连江海都动了情。

不多，不燥。

刚刚好。

他兢兢业业工作，诚诚恳恳生活。

他走过无数个红绿灯，走过无数个地铁口，他以为这座城市会慢慢包容他。只是城市依旧无情。

他租了一间廉租房，和几个人合租在一起，他们和子墨一样，是这座城市的蜗居人，他们每天最快乐的时候，就是每天 12 点前能够互道一句晚安。

毕竟在这座城市里，没有人会在意你。

子墨生日那天，是周二，因为忙碌，除了父母外，其他人没有祝贺他又成长了一岁。

当然除了在经过地铁口时，路过的洒水车播放的生日快乐歌。

晚上 11 点子墨才回到家，推开门的一瞬间，突然房间音乐响起，他想听的祝福。

关上灯，点了蜡烛，许了愿。

虽然已经是晚上 12 点了，但是他依旧很开心，依旧很感激。

感激他们还记得自己的生日，感谢过去的一年，更感谢自己，依旧努力。

这座城市除了洒脱，还有温情。

子墨房间里的中国地图换了，从原来的中国地图换成了青岛市地图。

毕竟，现在，除了这里，他哪里都不会去。

四月的风，催促着五月的树成长，六月的海一片汪洋，等待着七月的雨倾盆而出，然后点燃八月这座城市所有的热情。

陌生的城市里，会有种种的不甘与不愿，会有失落和失望，下了雨，被淋一场不见得是坏事，起码你会去冲个热水澡；刮了风，头发被吹散了不见得是坏事，起码你会去看镜子，去重塑一个崭新的自己。

城市的洒脱成就了行人的没落，行人的注视对望成就了城市的热情，多看看风景，自然处处生机，充满欢乐。

第六幕 —————

时光里

我们再也回不到过去了，不是因为长大，而是因为我们想成为自己心目中的英雄。

城南的故事，在城北诉说。有说不尽的话语。

年底是最热闹的时候了。

无论是城市还是乡镇，都是红灯笼高挂，彩旗飘扬，处处透露着喜庆。

聚会是少不了的，无论大小，总得喝点小酒，无论男女。

酒不会喝完，总会多多少少留一点，毕竟，那一点，透露着思恋。

欢笑自然少不了，许久不见的思念全都包裹在里面，对想见的人要笑，对不想见的人更要笑。

迷离的眼神中透露着的是对过往岁月的留恋，不用刻意，用心就好。

家户满街，友亲堂前。

回家的人，与亲朋好友欢聚，三三两两，人不多，但图的是喜庆，欢笑就好。

去熟悉的地方，去见熟悉的人，喝熟悉的酒，唱熟悉的歌。

没回家的人，也会从异地挑选精美的年货，邮递回去，或者寄一封家书，写满思念。

问候思念的人，带去问候的酒。

无论是否回家，都要学会问候，毕竟，时光是个懒散的家伙，下次想见，不知道会是什么时候。

在河东的走廊上，唱着河西的歌，不用大声，知道就好。

故事很多，但剧本只有一个。

不要让爱你的人等得太久。

如果离开是一句诺言，那么回家则是对于诺言的遵守。

三百六十五天是一次生命的轮回，也是一份思念的开始与结束。

放开生活，只是因为要活在当下。

逃避了多少次纠结，拒绝回家；又是多久了，没有回家去看看。

年华的背后多少人还爱着，恨着，躲藏着。

而这一次，无论结果，都该回家看看了。

因为有些人在等我们。

这个宁静的小村庄，在游子回归之后，慢慢喧哗起来，静静地迎接着他们等待已久的孩子。

农历腊月二十九
回家

我即将回家，无惧风霜。

冷风中，路过种满青松的道路。

风吹过，树上的积雪慢慢开始下落。在微薄的空气中，我听到了回家的讯号，声音的取向很多，但可以确定，都在等一个合适的时间，回家。

我们的模样，一年一个样，离家太久。

或许，爱的人已经忘记我们年轻的模样。

听一首老歌，陪伴我们，一直到家。

沿途颠簸，匆匆忙忙。

回到家，见自己想见的人，说自己想说的话。

去见我的朋友，很久不见，曾经的玩笑都还记得。

离开太久，年纪大了，有些事也会忘了，那就趁着回家，记性还好，激动点，去见见他们。

当然朋友不在多，有一个懂你的就行。

说自己想说的话，许久不见，交流不算多，想说的也没有很多。

长大了，话就会少，那就将自己要说的话都说出来，与其隐藏，不如洒脱，那样，下次见面还有话说。

冷风中，换种姿态，聆听家的声音。

家不算大，但只有一个。

家人不多，来来去去的，就不知下次再见，还剩几个。

如果等不到花开，那就在下一秒，提前宣告，回家。

一大早，时间还没有到七点钟，花容和清月就早早地起了床，收拾好了行李，整理好了一切，究其原因只因为今天他们要回家了。

在早些时候，为了避免过年时节的人流量高峰期，两个人在阴历的十一月初就早早地买下了车票，只为了能在离开家乡三年后回到家乡。

花容的父母亲在他一岁时，就因为一次车祸早早地离他而去，从那次车祸以后，家里面只剩下奶奶和爷爷两个人了。

在爷爷奶奶的陪伴下，花容成长着。

虽然有很长时间没有回来了，但逢年过节时，花容都会向奶奶和爷爷问好，关心他们的身体健康以及家乡的变化情况。

花容今年刚好二十岁，到了上大学的年纪，可是，花容却在远方打工。

花容之所以这样，是由于三年前的一件事。

如果不是三年前的那次校园打架事件，花容说不定现在已经坐在明亮的大学教室里面，经历着美好的大学生活。

可是现在说什么都晚了，剩下的除了后悔，只有后悔了。

最后花容选择了去舅舅的工厂里面，打工养活自己和爷爷奶奶。

在离开家乡的时候，花容站在村头的那片向日葵地，大声说着自己的愿望。

假如有一天我老去了，请将我葬在那开满向日葵的地方，让所有的向日葵绕着我，我要守望这个小地方，这个思念的地方。

随后花容便离开了家乡，向着工业城市走去，渴望用自己的双手打造出属于自己的一片天地。

而这一干就是三年多，没有换过一次工作。有人说花容没有出息，一辈子窝在一处。也有些人说那是为了更好的机会。但无论怎样，关于这件事情，只有花容一个人知道，他到底是怎样想的。

在宿舍里面静静地等待着，只是现在他们还不能离开，因为他们还要等老板来，给他们结算工钱，等拿到了钱，他们才能离开工厂，回家去。

等待的时刻是很漫长的，毕竟有三年多时间没回家了，家乡变成了什么样子，他们一点都不知情，关于家乡的消息，只是在他人的言语中听说了一些而已。

可能，早已经在岁月的变迁下，变得物是人非，或者说面目全非。

在他们的临时宿舍里，两个人还在等待，虽然时间已经过了中午十二点，但两个人还是坐在各自的床上，玩着手机，听着歌，等待着老板。

虽然老板迟迟未到，但是他们对老板绝对信任，毕竟在三年前，就是舅舅把他们接到工厂的，在老板手下干活，对于要钱这种事，没有任何的担心可言。继续等待着。

都快到三点钟了，可是还是没有一点动静，打了电话也没有人接听,两个人内心不由得紧张起来了,但是干着急也没有用,索性两个人就躺在床上睡起觉了, 毕竟离火车开动的时间还有几个小时,一切都还来得及。

就这样,不知过了多久,睡了多长时间。

快到下午五点钟的时候,宿舍门被敲响了。这时两个人才从梦境之中,慢慢苏醒过来。

原来老板来了。

花容很快穿好了衣服,下了床,去给老板开门。

原来老板在路上堵车,再加上遇到了车祸,所以才来得很晚。

但是现在出发还来得及赶上那趟末班火车。

两个人很快拿好行李,坐上了老板的顺风车,到达了火车站。

检票很快,等候却很漫长。

前行路上,所有的灯光都在向后退着,而他们回家的急切心情,却早已经超过了火车的速度。

这一次,回家貌似有很大的意义。

漫漫长夜,将所有的回家游子都煎熬在路上。

可能时间会让我们忘记很多东西,遗失美好的记忆,但是我们始终都不会忘记,有一个归宿,叫作家。

经过一天一夜的奔波,第二天晚上九点钟,极速的火车终于停站了,到达了他们的下站地,停在了离家还有 75 公里的省城。

两个人下了火车,找到了一家旅馆,暂住了一晚,保持精力,蓄势待发。

为回家做着最后的准备。

农历腊月三十
归宿
不论如何,开心就好。

回趟家不容易，每个人说的话都要耐心点听。

父亲的话不多，耐心点听，都是重点，理智处理。

母亲的话，该听的话要听，啰嗦的话拣着点听，听完这句，下一句说不定是什么时候。

别被时光慰问，朝花夕拾。

南方的汤圆，北方的饺子，味道不同，在除夕夜中，都一样寓意团团圆圆。

烟火万家，故事各不同。

回家的时间不长，好好珍惜，与家人相处的每一个瞬间。

时光决堤，别等到离开的时候才发现，原来眼睛还有微笑的权利。

常回家看看。

永远不会忘记家乡的味道，那长满向日葵的地方，亮丽的风景始终填装着游子的灵魂。

始终记得，无论过多久，人们都会记得自己曾经生存过的地方。

昨晚两个人十点左右到了市区，在那里随便找了一个旅馆马马虎虎地住了一宿，第二天一大早两个人就收拾好了自己的东西，来到火车站旁边那个汽车站。

在春运期间，如果你买的是站票的话，那在火车上根本没有你的落脚之地，更别说祈祷别人下车，能够空出来一个座位给你，一个人走了下车了，会有十个人扑向那个空座位，就连你喘息的机会可能也没有。

来到了车站，两个人已经忘了该坐哪路公交了，用一口流利的普通话，问着那简陋的售票厅里面的阿姨，在得知具体的公交车信息后，两个人马不停蹄地奔向那辆似曾熟悉的公交车。

在外面待了很久，就连曾经最熟悉的家乡话，也忘得差不多了，而坐上公交车，熟悉的味道又很快回忆起来，曾经，对于他们，也从片刻拾起。

公交车离开车站后，开得很慢，可能是为了在路上能够拉上更多的乘客。

上车了，花容拿出手机，打开了微博，记叙着自己浓烈的乡愁。

只见在文字那部分写下了几行短短的话语。

"我已告别远方，只为见到灵魂的归宿。我，回来了。"写完，发送。

不到几分钟的时间就有十几条的回复。

车子依旧行进得很慢。

在路过第一个转弯的时候，很幸运，就碰到了两个搭车的乘客。

车子在快到他们面前的时候，慢悠悠地停了下来，两个人也没有耽误过多的时间，一把抓住门旁边的那个护栏，上了车子。

上车的是两个年轻的女人，用漂亮来形容她们，是有过之而无不及的，看面容来说，好像两个人都是二十岁出头的样子，两个女子看着车子上还有那么多的空座位，欣喜地叫了起来，整车乘客的目光瞬间都转移到两个女士身上，只有花容忙着刷微博，没有顾及周围的人。

上来的两个女士选择了后面的座位，可能是因为后面的座位是连座，坐着更宽敞一些。

放眼望去，几乎所有人的耳朵上都塞有一副耳机，所有人都低着头，玩着手机。

在车上两名女士用她们最大的分贝讨论着最近的新闻，只是旁边的人都忍住不笑，因为她们嘴里所说的新闻无非就是一些明星八卦，影视娱乐。她们不是当事人，也把自己当作当事人看待，还义愤填膺地计较。

这时，清月在花容的耳边悄悄地议论着后面的两个女士。

这时花容才注意到，原来自己身后已经有人坐了，出于好奇心，花容想看看身后的两个人的容貌，一探是不是清月嘴里说的那么美。

为了掩饰住自己，花容故意直立起身子，昂起头，先看看前面，脸上带着一丝困惑，令人不解。

而后花容才把自己的注意力转向车子后面，将眼光调整到两个美丽女士的面容上，具体来说，用窥探形容他此时的状态也许更加形象一点吧。

之后将眼睛转移到清月身上，然后右手向清月做出了一个赞的手势，意为很是赞同清月的眼光。

之后不久，两名女士就下车了。

匆匆忙忙，快快慢慢。

终于，公交车停了，到站了。

此时，距离家还有五公里的距离。

为了能够彻底感受家乡的岁月变化，两个人决定拉着行李，徒步前进，另一方面，主要是不想给家人们增添不必要的麻烦。下了公交车，两个人拉着重重的行李箱，向着家乡的方向走去。

一直往前，翻过水渠，径直再走百二十米就到了。

凛冽的寒风吹在他们的脸上，但丝毫没有减弱他们回家的念头，反而增加了他们对于家人更多的思念。

由于是走在崎岖不平的乡间土路上，所以两个人拉起箱子来并不是那么的容易，再加上恶劣的天气环境，无疑给他们回到家增添了困难，但幸好这是他们的最后一个关卡。

走走停停，还不时地拿出手机来听听歌，那些苦恼的事情也在这份欢乐之间遗忘了。

生活能带给我们什么，是痛苦，是快乐，是甜蜜，还是欺压，没有人知道。

而这一切，或许只有我们自己知道，这对于求生的我们来说，已经很是幸运了。

不需要承担许多，只要学会分享，就已经足够了。

两个人经过 415 公里的跋山涉水，1096 天的等候，终于回来了，回到了他们真正的家里。

在他们离开后，小村庄的一切都发生了变化。

坚固的水泥路取代了泥泞的土路，下雨天人们不再惧怕出门远行；村里面的电线杆子上，也安装了路灯，黑夜中人们也不再惧怕；那个曾经下雨天就遇到麻烦的小学教学楼也翻新了，取而代之的是明亮的教室，崭新的课桌。虽然校园生活对于他们来说，已经成了过去的回忆，但是今天能够看到小孩子们坐在教室里面的画面，对于他们来说已经很满足了。

到了村子里面，两个人也分开了，各自回家，一个在村东，另一个在村西。

花容终于见到了自己的家，房子已经在村委会的帮助下翻修了，在大大的红门上，从远处可以清晰地看到两个门神画像贴在左右两边，怒睁的双目，魁梧的身材，恐怕是活人见到了，也会退避三舍，不敢进去。

为了不给爷爷奶奶增添麻烦，花容并没有事先通知他们，而是选择给他们一个惊喜，一个见面后的大大拥抱。

推开门，花容听见了一声"谁啊"，这才确定自己已经回到家了，这时奶奶出来了，花容见到了奶奶，高兴得都松掉了自己手中的箱子，快速小跑，紧紧地抱住了奶奶。

这个拥抱，花容实在是等得太久了，压抑三年的痛楚与懊悔，在这一刻也彻底爆发了，脸上除了笑容，就是满满的泪水。奶奶这时也才意识到自己的大孙子回来了，赶紧叫了花容爷爷一声，爷爷也从房间里面走了出来，花容见到了爷爷，也没有抑制住眼中的泪水，趴在爷爷的身上，痛哭了起来。

所有的不甘与失落也在这一刻彻底瓦解，烟消云散了。

年岁的积累，使爷爷肩膀上的担子重了许多，在爷爷年纪轻轻时，就已经满头白发。

个头也越来越矮，比花容矮了很多。

爷爷看见思念的花容回来了，眼睛也不由得湿润了起来，只轻轻地说了一句"回来就好，回来就好"。

我们总有一天会成长，长大成人，成为家庭的顶梁柱。

我们总在岁月的背后压榨着自己，使自己能够成长得更快一点，更快地替家人分担一点。成长之后，我们曾经不明白的终有一天会彻底明白。

爷爷奶奶见到花容回来了，都笑得哭了，无法掩饰内心的喜悦。三年了，今年终于可以团聚了，这一刻，从花容走的那一天，他们就开始等待。

时光总是傲慢地前行着，带走了所有年轻的记忆，带走了从前我们在一起的美妙花絮。

每一个人都在不断成长中进步着，而在不断的成长之中，也不断遗忘着。

岁月无痕飘过，没有留下任何值得你我追忆的念想。同时，在岁月的无情摧残下，渐渐地我们淡忘了一些人一些事，到最后遗忘了所有的曾经。对于这一切，一定要相信，缺憾是为了让后来遇见的人去弥补的。

而每一次相遇时候的心跳加速都注定是激动的开始。

回到家里了，花容此时心情特别激动，不仅因为回到家中，更是因为见到身体健康的爷爷奶奶。

一下子，内心就充满了激动与欢欣。

每年这个时候，爷爷奶奶总是会买一些肉和一些蔬菜，包一些饺子，晚上吃一点，初一的时候再吃一点。

进了房间，和往年一样，他们依旧坐在房间里面包着饺子，记忆顿时就被拉回到了三年前，一切，都还记得。

放下行李，花容在家里面转了一圈，家里也因为政府的扶持变得焕然一新，老两口也不用害怕下雨天下雪天房屋漏水了。

转了一圈，花容脸上满是笑容，又再次回到了房间里面，和正在包饺子的爷爷奶奶聊着天。

不一会，老两口就包好了饺子，准备给孙子下一碗热腾腾的饺子。

开锅，添水，开锅，水开，下饺，再添水，出锅，盛碗。

每一个动作，奶奶都烂熟于心，不仅是因为长年累月的经验积累，更是因为这顿饺子饱含了她浓浓的思念之情。

喊来花容，端着一碗热腾腾的饺子，顿时，两眼通红，满满都是泪水。

吃着饺子，心里的天平平衡了很多。

吃完饭后，爷爷就让花容去村里的超市买一些糖果，当然还有必不可少的鞭炮和对联，以庆新年。

超市离他们家没有多远的距离，不一会就到了，格局也变化了许多，没有了以前的单调，货物充足而新颖。

买了东西便离开了超市，在回家路上，遇见了许多人，许多人都还认识花容，只是许多人花容都已经忘记了名字。

回到家中，花容就马不停蹄地找来梯子，拿了一卷胶带和一把小刀。

花容上了扶梯，一步一步，小心翼翼地贴着对联，生怕贴歪贴反了。

爷爷扶着梯子，花容上到梯子上，左右对称，上下平行，丝毫不敢有一点差池，而想起上次贴对联的时候，已经过去了整整三年的时间。

幸福感一下子涌上了心头，他微笑着。

不知道人们从什么时候开始形成了过年贴对联这种仪式，但是在贴对联的这种过程中，而产生的满足感，是人们几千年来一直在追寻的。

有些习俗可能对于年轻人来说，只是可有可无的存在，可是对于那些年老的人来说，就不仅是马马虎虎地敷衍行事，因为那些已经早早地烙印在他们的心里了，成为传统，必须遵循。

贴完对联之后，天色也暗了下来，时间也七点多钟了，等一会，春晚就要开始了，一年之中最盛大的晚会即将拉开帷幕。

收拾好了一切，和爷爷奶奶一起坐在房间里，闲谈着，静待着春晚的大幕拉开。

时间分分秒秒地前行着，带着所有人的思绪，带着所有人对于未来生活的向往，前行着。

春晚在人们的心中已经有着不可替代的地位，一方面，预示着新年的到来，新的开始，另一方面，则预示着家庭的团圆，一年中真正意义上的相聚。所以每个人对于春晚都有着属于自己独特的那份情怀。

和爷爷奶奶闲谈了一会，时间就到了，春晚开始了。

看着春晚上那些熟悉的面孔，每一个人脸上露出和以前一样的灿烂笑容，每一个细节，每一份欢笑，和往常一样，欣喜着人们的心。

而年的大幕现在才慢慢展开。对于新年的愿望也才刚刚启程。

但这一切的期盼，对于寻常百姓来说，已经足够了。

时间过得很快，十二点终于到来了，周围的鞭炮声也响彻着这个不眠之夜，人们的喜悦心情也才刚刚开始。

春晚看完了，花容关上灯，睡觉去了。

明天还得去见那些熟悉又陌生的人。

对于明天，可能所有人都无比期待。

大年初一

主角

我试着想象，当我老的时候。

我想当我老了的时候，我会坐在炉火旁，拿起笔，回想曾经熟悉的场景，书写关于那些画面的笔记。

昨日暖阳的痕迹。

有过，走过。

眼眸间，不经意间，落下岁月的眼泪，深深感叹，岁月芳华，白驹过隙。

少年长大了，青涩眉宇间的微笑，没有了清晰的痕迹。

青年长大了，话语间的思绪，已经忘记，逻辑也不再清晰。

中年人老了，看着操场上跑的人群，回忆起过去，笑着想起。

活的日子久了，人也老了。

人老了，腿脚不利索了，就算是拄着拐杖，也跟不上青年人的节奏。

人老了，眼睛花了，看每个字都是那么的费力，不清晰。

头发白了，思绪多了，觉得时光短了。

笑容少了，皱纹多了，觉得日子少了。

人老了，有念旧的老毛病。

不要怪他们，人老了，多多少少会有些犯晕。

偶然间老人们会想起从前的故事，情不自禁。

如果有一天，老人们提起从前，请耐心倾听。

因为某一刻，想说的故事可能已经永远说不出口。

如果可能，将你的故事，编成小曲，唱给老人们听。

毕竟，留给我们与他们的故事不多。

好好珍惜。

早上天还未亮，就又听见外面的鞭炮响了起来，花容被这隆隆的鞭炮声震醒了，看看手表，时间已经六点钟了，对于平时来说，这个时间还太早。可是新年新气象，初一早起，一年不懒，这是爷爷曾经对他说过的话，看着时间的分针秒针，这句话也从内心深处被唤醒。

于是就起床来了，叠好被子放在床头。

就在此时，爷爷也打开门，花容见到爷爷进房来了，大声对爷爷说了一声新年快乐，爷爷顿时脸上欣喜万分，开心地笑着。

放鞭炮的时间快到了，时间一般都定在早上八点钟左右。

拿着鞭炮，出了门，将鞭炮放在地上，在混乱的鞭炮之中，找寻着燃烧的起点。

看着时间刚好八点钟，于是，拿出火柴，点燃鞭炮，鞭炮随即漫散开来，噼啪作响，周围满是回音。

鞭炮声在中国的文化之中有着重要的意义，能驱魔除妖。在传说中，年兽正是听了这种神物的声响才在人们过年的时候不敢出门作祟。

鞭炮放完了，又回到房屋内，此时，奶奶已经准备好了早饭，煮好的一些饺子和一些蒸过的熟食。

在花容的家乡，大年初一是不能烧菜的，不能动用锅瓢铲等器械，因为那意味着一年之中的好运会因为人们的不勤奋白白流走。

吃完饭后，按照惯例，小辈分的人要去给年长的人拜年去，以显示后辈的礼貌。

叫上几个相好的朋友，按照家的排列顺序，依次挨家挨户拜年去。

启程。

年的味道也一下子被这浓浓的传统礼俗推到最巅峰。

出了门，几个人向左转，挨家挨户上门拜访。

先到的是李叔家，还没进门，就从门外听见李叔那七十分贝的大嗓门在和妻子讨论着，离他家估计就是有百米远，也能听见有人在喊。

进了门，李叔看见花容他们几个上门拜年，心里自然是欣喜得不得了。

毕竟，有相当一段时间没有见这几个毛孩子了。

还是在他们小的时候，花容他们整天都拉着李叔给他们讲那些历史故事，在李叔的讲述下，每个人都高兴得合不上嘴。

李叔在这个小村庄里面也算是一个文化人，每逢村里有人操办丧事喜事，想到的第一个人肯定就是李叔。

而且李叔写的那一手好字，可能是这个小村庄里无人可以匹敌的。

所以在他们小的时候，李叔在不知不觉之中成了他们年轻人的偶像，和那些电视里面的明星可以说完全是一个级别的。

在李叔家坐了有十几分钟，几个人就告别李叔了，去其他家转转。但是走时还是不忘和李叔商量，他们还会回来听他说书的，李叔听后微笑着，算是勉强地答应了。

毕竟上了年纪，有些东西已经在不经意之间遗忘了。

转身离开了，李叔走路不再那么气势汹汹了，最近几年，也因为年纪的问题，走起路来不是很方便，一瘸一拐的。

对于花容他们几个来说，他们关于年少的那份记忆更多的是因为这个李叔的存在，才显现得更加真实与满足。

走着走着，他们就来到了高奶奶家，在高奶奶家，只剩下她和她的老伴两个人了，孩子们都不争气，都跑到外面的大城市里面靠打工赚钱，过年这几天的工资高，所以他们就没有回家来，而是选择继续在外面干活，毕竟回去又得花一些钱财过年。

老两口的日子其实还算不错，家里也不差钱，去年又新盖了一个二层，在二层的屋面上，两个人又种了一些花花草草，也算是享受老年生活吧。

两口子在家也没有闲着，在村北那块还种植着一亩三分地的葡萄树，这几年，葡萄生意还挺不错，足够两口子一年的开销。

看着这几年的果树种植生意不错，老两口让他们的孩子回来种植果树，可是，孩子们都是从小惯坏了，吃不了苦，怕种植受苦，还是选择继续在外面打工。一个人有一个人的选择，老两口也没有再次强求孩子们。

高奶奶是一个特别好客的人，每年家里面种植的葡萄成熟了，都要送些给邻里乡亲的，绝不抠门吝啬，家里面有好吃的蔬菜，也经常送些给花容的奶奶。所以从小高奶奶对待花容就像是对待自家孩子一样，要什么给什么。

高奶奶做的甜柿饼特别好吃，花容拿了几个尝尝，不错，就又多吃了几个。

时光飞逝，遮住了我们已经呆滞的目光，在时光的流逝中，我们也开始蜕变，变得和从前不一样，也许从前的那个我已经不记得了。

时间也不早了，花容很快告别了高奶奶，几个人继续向前走着。

到了王婶家，刚进门，王婶就招呼花容几个人进屋坐坐，拿出了逢年过节必备的果盘，招呼几个人。

说到王婶就不得不提及从前的那些事情。

在这个宁静的小村庄里，花容曾经是所有人羡慕的对象，因为学习好，性格好，孝顺家人，所以有许许多多的长辈都让他们的小孩子跟着花容学习，所谓的跟啥人学啥样，大概就是这么体现的吧。可是自从花容辍学以后，所有的一切都变了。

看着王婶，心中就有一些不是滋味，看着和自己曾经在一起的孩子们，心中也有不少悔恨的意思。

也许，年的另一种深层含义就是从这里体现出来的吧。

坐了几分钟，几个人就告别了王婶，在去下家的路上，花容没有说一句话，毕竟心里还是难受。

转着转着几个人就到了彭爷爷家，在村里甚至是在镇上，彭爷爷也算是一个养牛专业户，家里有几十头那种进口品种的牛，堪称是这个村里的养殖大户，没有之一，村里人也因此给彭爷爷起了一个外号：彭大牛。

每年过年的时候，彭爷爷也总是宰几头牛，剁成牛肉，然后挂在屋外卖钱，还别说，因为价格公道，在年前挂出去不到两天的时候就卖完了。

彭爷爷家这几年日子过得也是相当的舒坦，可是，彭爷爷在家里面相当忙碌，每天都是早起晚睡，为那些牛，算得上任劳任怨。

由于彭爷爷家是养牛的，所以逢年过节，牛肉也成了他家的头等招牌菜，各种以牛肉为主的菜肴，在彭爷爷这，完全算不上是事。

闲聊了几句，告别了彭爷爷，转身离开了。

转着转着，几个人就转完了村庄，因为这个村庄没有多少人。

紧接着几个人就相互告别了，因为各自中午还得去自家长辈家拜年，时间有点赶不上。

但是离开的时候，几个人相约在初二下午见面，到时也会通知村庄里面的他们那班的人，聚一聚。

中午，花容也没有地方去，就一个人待在家里，看着电视，和爷爷奶奶聊着天。

吃完晚饭后，花容出门转了转。虽然说是大过年的，可是这冷天，晚上也没有几个人出现，能够看见的也只是几个小孩子而已，放着烟花、鞭炮。

场面相当熟悉，毕竟，他也是从那个年代过来的。

冷冽的寒风刮着花容的衣服，发出阵阵响声。手脚也因为这冷天变得格外的僵硬。

但是，能够在家乡感受到这种寒冷，也算是值了。

在行走的路上，听着周围家庭中传来的阵阵笑声，心里很不是滋味。

不多一会儿，花容就回到家，看着昨天晚上的春晚重播，心里又再次被这点点的表演细节所感动。

一时间也忘记了自己的孤独。

电视机里面的笑声早已经化解了花容内心深处的矛盾，在这个世界上，花容永远不是一个人存在着。毕竟，在家里，他还有他最爱的爷爷奶奶在陪伴着他，在外面，还有那些朋友帮助着他。

虽然任何人都不知道他们还能陪伴花容多久，但现在相拥，显然已然足够了。

初一的晚上没有年三十那时候的灯火通明，但是人们的笑声依旧存在着。

回到家中，花容在自己的微博上更新了新的内容。

今夜，无人入眠，笑声依旧。有你们在，足够了。

农历大年初二

盛宴

在人多的地方，我是一个不喜欢说话的人，说起话来说重点，我认为这样是在节省自己的时间，也不至于让别人讨厌你。

但时间一长，就会让人产生距离感，也会使自己产生莫名的失落感。

接着就是一系列由于自己不爱说话，而产生的好或者不好的结果。

喜欢，或者厌倦。

平凡，或者平庸。

总在寻找机会和经验，不断完善自己，到最后还是发现，自己的模板早已经成型，不能改变。

但无论怎样，都得坚持自己的想法。

自己的故事，可以不多，但求精彩。

只说给自己听，也好。

每一个都弥足珍贵。

吃饭，砍柴，从日出到日落。

大黑狗，废旧小书，从天明走到天黑。

闭眼睡觉。

将自己的故事，说给别人听。

故事一样，精彩不同。

也许话不多，是在等一个舞台，诉说给别人听。

可能是昨天太累的缘故，时间都到了晌午十点左右，花容还赖在床上，没有起来，要不是爷爷看时间不早了，估计花容又得睡到午饭的时候。

听见了爷爷的呼喊，花容这才懒洋洋地起床来了，叠了被子，刷了牙，洗了脸，然后继续坐在床边，发着呆。可能是昨天没有休息好的缘故吧。

这时才和爷爷奶奶吃起了早饭，等早饭吃过后，时间已经过了十一点，这时花容才准备动身，去外婆家。

按照习俗，每年大年初二的时候，花容都要去外婆家，去给外婆拜年。

从超市里买了东西，然后带着东西，骑着那辆旧自行车，驶向外婆家。

毕竟，外婆家离他的村庄也不过几公里，就算是步行去，差不多也就二十分钟。

虽然在外面已经有三年了，但是花容还是清楚地记得外婆家的具体位置。

还是老样子，一点都没有改变，还是那份再熟悉不过的乡土味道。

外婆家的大门敞开着，仿佛已经知道花容要来了。

将车子放好，然后拿着东西还没有走到大厅时，就听见有人在喊，花容哥哥来了。

原来是小侄子的声音，小侄子以飞快的速度冲向花容，拥抱着花容，脸上挂着得意的笑容。

三年不见了，两个曾经的小孩子都长大了，花容变得成熟了，小侄子变得更加懂事了。

小侄子看见花容手中拿有东西，立刻帮忙拿着。

在这个家里，小侄子最亲近的人就是花容了，每次过周末，花容都会一个人跑到外婆家，来找小侄子玩。那时，花容就会带上小侄子，去村庄各处玩耍，有时还带着他的好朋友一起，去村边的小河里抓蝌蚪玩，但很多时候都放生了。因为大人们经常告诉他们，蝌蚪长大后，会帮助他们去田地里抓害虫，所以，这种观念很早就在他们心中埋下了种子，滋长发芽。

这时，外婆也出来了，迎接着花容，花容见到外婆后，眼泪不知不觉地落了下来，因为外婆的双鬓不再像从前那样的乌黑，脸上的皱纹也多了，但还是笑着看着花容。那时，花容看到了外婆眼中的泪水，只是没有掉落下来而已。

花容抱着外婆，很久很久。

过了一会儿，他们才进去大厅里，继续闲聊着。说话期间，花容发现外婆的耳朵已经不再像从前听得清楚了，有几次他都是很大声地说，她才能听见。

舅舅们因为在外面，今年没有回家，所以家里只剩下外婆和小侄子两个人了，再没有其他的人。

虽然人少，但是外婆依旧在午饭的时候做了花容最爱吃的红烧肉，虽然做得有点咸了，但是花容始终将笑容挂在脸上，保持着微笑。

我们享受现在的生活，享受生活给我们带来的所有，并沉醉在这些变化中，沉醉到已经忘掉了有些人的存在。

有时，我们误以为那些人还好，还在，没有想念我们，所以我们没有多想，继续沉醉。

可是，事实是那些人在深夜时，在我们已经熟睡后，还在借着微弱的灯光看着我们和他们曾经一起照过的旧照片。

在哪里照的，什么时候照的，我们可能已经忘记。可是，他们还记得每一张照片背后的故事，记得每个故事的细节。

他们的等待很简单，简单到能够再看我们一眼就已经很满足了。

可是我们还在让那些爱我们的人等待着。

或许，等我们想起他们的时候，他们已经不在了。

吃完饭后，花容在外婆家坐了一会，然后就告别外婆，回家去了，虽然外婆让花容在家住一晚上，但是，花容已经和清月他们说好了，晚上要好好聚一聚，所以就没有逗留太长的时间。

骑着车子，回家去了。

在回家路上，下起了小雪，雪花落在花容的脸上，温度消融了雪花，化作一点点的水滴，滴落了下来，仿佛是泪水一样。但是，这雪并没有使花容加快速度，依旧不紧不慢地朝着家的方向，前行着。

时间过得很快，在不经意间，就到了下午六点钟，也到了他们事先约定的时间了。

这时，花容从家里出发，向清月家走去。

走进房屋，听见从房间里面传来阵阵笑声，花容也被这笑声吸引着，走进房间。

走进房间一看，原来是他们小学那帮孩子，数一数，足足十七个，互相微笑着，每个人都还是老样子，都有说不完的话语，但更多地是讨论过去的琐事。

瞬间时光又回到了他们分别的时候，还记得曾经所有的事情，那时候花容因为学习成绩优秀担任班长，那时所有的人都信任花容，每到下课时间所有人都会找花容玩耍，不亦乐乎，那是老师形容他们最好的词语。

也就在这样的欢乐环境下，童年的味道才是最真切的。

只是长大后，每个人都只顾向前奔跑，忘掉了什么时候回头。

花容坐在了最中间的位置，然后所有人都将话题转移到了花容身上，闲聊着花容的现在和过去。

清月的父母给花容他们准备了一顿丰盛的火锅盛宴，菜品就足足有二十多种，鸡鸭鱼肉应有尽有，摆了满满一桌子。

在这张桌子上，留下的是满满的幸福，遗忘的是离别的冷清。

在这张桌子上，发小们还在快乐地闲聊着，每一个人都能听到那团圆欢乐的声音。

夜很黑，可年的味道依旧延续着，欢乐的声音也通过空气漫进大气中，漫进人们的生活中。

晚上十一点左右，大家都聊得差不多了，帮忙收拾完餐桌后，所有人都回家去了。

今天之所以聊得这么晚，一方面是这些发小们很长时间没有见面了，都很想念对方。另一方面，今天是清月和花容在家的最后一天了，明天就得动身返回工厂，继续重复的生活。

离别的时候，所有人都相约明年再见，不醉不归。

回家的路上，雪停了，雪白的路面泛着银白的色彩，将整个世界都照亮了。

那一天晚上，花容失眠了，不是吃得太多，而是还在回忆他们那群发小的故事，那些将要被大脑更新的记忆。

夜很深时，花容才睡去，梦里空白一片。

有的人离开了，永远不会回来了。

有些人还在，可是永远不再遇见。

我们终会离开熟悉的地方，即使我们再怎么努力去追赶时光的节奏，再怎么渴望，也始终敌不过年华的变迁。

我们渴望留住时光，但总是被时光遗弃，我们能做的也只剩活在当下，不断遗忘。

曾经，对于我们来说也只是奢侈品，只能远远观望。

一场雪过去了，什么也没有留下，只留下人们对于岁月的思考和遗忘。

农历大年初三

告别

无声无息，或许是作为离别最好的词语。

这个世界不需要谢谢你，也不需要对不起。只需要你悄悄来过。

悄悄走过你的面前，不被发现，悄悄地听着熟悉的呼吸。

悄悄地看着你逐渐远离的背影，悄悄地在意。

离别的声音很小，我没有听，只是悄悄记下，如果回忆还有声音。

故事写了那么多，没有倔强，但依旧执着默写。

那么多故事，在老的时候，记性不好，翻开日记还能记起。

我们的故事像风一样，越过湖泊，穿过山涧。

像你一样，跑过旷野，消失在我的眼前。

千千万万的人只会造就一个你，是何等悲哀。

越过千千万万的街巷与你遇见，是何等幸运。

尘起，缘灭。

悄悄离开，请不要意外，毕竟我只是匆忙的旅人，不能陪你。

讲完故事，收拾行囊，离别拜谢。

人多了注定孤独，我们青春一场，如果你有酒，我会留下买醉。

不醉不归。

不能长久，起码这样。

如此也好。

第二天一大早，花容就起床来，整理好了行李，准备返厂工作。

清月也已经准备好了行李，两个人相约在村头碰面，一起返回。

告别了奶奶爷爷，拿着行李箱，又踏上了行程。

离开的时候，太阳升了起来，很亮很亮。

不想离开，可是故事终归要完结，在岁月变迁之中。

离开了村庄，终于还是踏上了火车，在火车上，继续思念着村庄，和村庄里的那些人。

爷爷不再年轻了，走起路来，不再有力。奶奶老了，看东西时，总会戴上厚厚的老花镜。小侄子长大了，懂得了如何去照顾他人。外婆老了，听力也下降了，看东西也模糊不清。

这些都是回家真实看到的，也许，真的应该多回家看看，别让他们等太久了。

回到了工厂宿舍，两个人放下了行李，清月趴在床上，倒头就睡。

花容拿出了自己的笔记本，记录着家的味道。

取名，乡情——钟属。

齿轮在冰冷的轨道上肆意摩擦，发出刺耳的声响。火车开动了，载着不相干的人群驶向远方。

车轴不断转动，火车也不断前行着，离家的距离变了，但他们的依靠——梦想，始终没有因此而改变，唯一可能改变的，也只是容纳他们的地方。

火车越走越快，路也渐行渐远，而唯一留下的只是它在轨道上遗留的印痕，除此之外，没有一切。

载着游子的梦想，穿过阴冷的隧道，行过充满意蕴的乡村，漫过窗外一片一片的繁华。

窗外繁花似锦，而车内却一如往常的死寂，因为此刻游子们完全顾不上窗外世界的繁华，他们念想的只是故乡，那个养育他们的地方，而此刻的他们正随着火车慢慢地远离故乡，对于他们，故乡，可能终成为永远的回忆。

对于他们，故乡已经成为一个神圣不可取代的地方。也许对于初次离乡的他们来说，故乡还不是那么使他们留恋，也许在他们眼里，故乡只是一个寄居的代名词，但过了两年，五年，甚至是十年后，故乡的意义就不再如此，那时，可能早已遗忘，忘却故乡熟悉的味道。

可能对于故乡，他们会发出"原来我还有一个家"的感叹，也可能，早已忘记曾经的一切关于故乡的印记。

在未来的某段时间里，故乡可能只是灰白的粉末，风吹过，飘散在天空。

而真正的故乡，对所有人来说，都是一个在内心不可遗忘的地方，因为她所代表的意义早已超越了时间与空间的界限，超越了一切关乎生死轮回的印记，超越了现实。

怀念，不只是缅怀。

路途上的风景出奇的美丽，蝴蝶飞过绿油油的稻田，骄傲地两两盘旋在空中，路边的花瓣因为被人们践踏过而变得面目全非，但还是时不时有孩童提起，我想，一切的原因，大概是因为芳香还在吧。

晨曦下的朗空，你看不出她有一丝疲倦的感觉，总是那么的靛蓝，给予人们生活的希望。朝阳喷薄而出，朝霞穿过薄雾、云层，照耀在每一个可以给予人们希望的地方，同时，照耀在急速行驶的火车上，给予离行游子们希望。

阳光普照在大地上，故乡，也一定在接受她年轻的洗礼吧，我想，一定是的。

渐渐地，火车慢下了它仓促的脚步，停在一个陌生的地方，一个不属于故乡的地方，而这里，只有梦想是属于她的。

走下火车，拥挤在陌生的地铁隧道里，然后，来到地面，在空荡的广场上，找到一块地方，呆呆地坐着，回忆着属于故乡的那座城池。

故乡是一幅浓墨的书画，苦淡中泛溢着缕缕幽香。

许多人喜欢聆听故乡纯朴的歌谣，歌谣没有多么难懂，也没有过多绚丽、华美的词语，但它就是我们最爱的歌谣，因为它已经成为人们茶前饭后的一种习惯。没有人会在意某人的唱功如何，唱得好与坏，在乎的只有超越现实的存在意义。对于我来说，我喜欢一切关于乡土的声音，喜欢聆听、欣赏。

最喜欢听一群孩子在教室唱纯真的歌谣了，天籁的余音回旋在空荡的空间里，发出青翠的激荡之音，响彻着每一个时间与空间的隔阂，然后穿过窗户，飘向远空，在天空中回荡着。孩童们还在唱着，天空中还在温柔回响着他们的质朴声音，只是现在，我听不见而已。

儿时的美妙憧憬，早已经随着岁月无声无息，记忆中的虚张声势，也早已经忘却了手段，只记得那棵老槐树下的轻盈畅想。对于现在，一切都成为了过去，而对于将来，我们只能缅怀曾经，只因为我们已经长大，不再轻狂年少。

最喜欢在一天的黄昏时分，一个人坐在故乡的小山坡上，静静地坐着，聆听风儿呼啸飘过的声响，目睹江水流过时的奔腾。故乡水永远是那么的静谧，每一个波浪汹涌涌过江湾，冲击着每一块坚硬的顽石，然后发出轰轰的声响，冲激而过，而每一次江水都没有留下痕迹，顽石也一样，没有破损。

有人质疑江水的冲击力，质疑它的速度，但没有一个人会轻易尝试，因为，我们都知道尝试后的后果，结果也可想而知。

千层浪起，水肆江流，它们顽劣地奔涌着，没有留下任何可以见到的斑点。就像我们，日夜为生活而奔波着，但最后我们什么也没有得到，什么也没有留下，岁月见证的，只剩下日渐斑白的双鬓与无情的皱纹。

不知道前门右巷的那头大黄牛是否还在，记忆中童年的我们不知蹂躏过它多少次，每次在百般无聊时，我们总会用坚硬的石子和泥土扔它的牛角，比试谁的准头高，而且这样不止一次，以至在远处观望，你都能看见它磨得锃亮的牛角，但每次都一样的结局，当大黄牛发出愤怒的声音，仰天长啸时，我们就会落荒而逃，因为我们知道，王大叔就要来了，他是大黄牛的守护者。

王大叔就像是死忠的仆人尽心竭力地保护着大黄牛，所以有自知之明的我们已经习惯了追与被追的动静，也早已总结了逃跑的时机与路线，以防止被当场抓住。

还记得那时的我们，没有一丝烦恼与忧虑，自由地摇动着生活的船桨，无拘无束。而童年现在离我们很远很远，陌生到不曾拥有。

古钟震动，余音千里回荡，响彻天际，同时震动着每个人的心扉，用它的声音召唤着每一个赤子的心，召唤着回忆的印记，钟声弥漫整个空间，渴望每一个远归的游子能够听到。

年迈的母亲希望再见一眼忙碌的游子，希望他们能够听见古钟千里余音的召唤，回到家乡。

故乡的水依旧香甜，景色也依旧迷人。然而，时移世易，我们最终阔别了故乡，告别了亲人，孤独地走在陌生的城市中，没有了对于长大的憧憬。

就这样，生生循环着，随岁月镌刻在我们脆弱的心灵之上。

再见，故乡，这句话真的很难说出口，没有一个人想离开曾经执着的地方，也没有一个人渴望遗忘过去，忘掉所有曾经美好的记忆。

故乡，记忆中的国度，回忆永远。珍重。

许多年后，我希望还能回到从前，坐立江边，听那古钟余音的回荡，拥抱故乡那最美的夕阳。

也希望，在我离别世界的时候，将我葬在故乡的土地上，远远守望着我所爱的故乡。

如果有一天，我告别了故乡，向远方流浪。

请一定要记住我的过去。

待我老去归乡的时候，将我埋葬在熟悉的黄土地里，与晚霞葬在一起。

请后人不要祭奠我，因为我想活在人们的心里，而不是孤独的仪式里。

记罢，放好了笔和本子，躺在床上，合上了眼睛。

每个故事都有它的结局，只是人们发现故事已经结束时，才意识到自己还没有好好珍惜。

人们反应过来的时候，一切都好像是从头开始，一切又仿佛从未拥有。

我们总会离别，只是离别时不需要眼泪，不需要去怀念，需要的只是拱手相交，将自己所拥有的曾经完完整整地交还给岁月年华就好了。

时光会在我们的面前将所有的记忆彻底粉碎，不留任何可叹的痕迹。

但无论结局，作为主角，我们一定要好好珍惜。

路过，终究是路口。

换种面孔，欢欣问候。

请说再见，掌声依旧。

第七幕

晚霞落枫时：枫徊独舞

这一辈子，用一种错误的方式去执着等待一个人，对于等待的人来说，本身就是一种选择。

因为值得等下去。

一直在逃避某种微妙的伤感，总以为世界翻开了新的一页，可以忘掉过去，用新的方式迎接新的开始。

可是，任何的作为都抵不过思念的魔力，统统倒戈在岁月的溪流中。

因为，有些人，我们必须等下去，哪怕最终一无所有。

我们深深地爱恋曾经，只因为曾经深深地爱过。

在那落雨的季节，他一直徘徊在那熟悉的山上，那满是枫树的山上。

无法忘怀那最高处的枫树，无法忘记曾经的那些承诺，也无法忘记最爱的她。

触摸着曾经一起相拥过的枫树，感受着那枫叶零落的伤感，深深回忆着那段光阴。

还记得那年枫树上的树叶格外殷红，耳朵贴在那枫树的老树干上，聆听彼此留下的海誓山盟。

聆听着属于曾经最美好的声音，还清晰地记得那年的枫叶飘零的声音，格外清脆。

那一年，就在那棵枫树下，许下了对对方最纯真的誓言。

如今，却只能一个人来独自欣赏那枫叶飘零的美景。

聆听着那枫叶飘零的声音，回忆着那些年深深的爱恋。

我想你了，你听见了吗？

他朝着那广阔的天际呐喊着，瞬间眼泪从他的眼角流了出来，只因为她永远听不见了。

孤独的声响在空荡的空间里久久徘徊着，一直飘向了远方，

飘回到了过去，那个曾经相爱的年代。

（一）

墙面上的摆钟还是一如既往地摇摆着，没有人知道它会摇摆到什么时候，什么时候会停止。

月光透过窗户钻了进来，懒散地扑倒在屋内，房间也因此变得明亮了起来。

这间再熟悉不过的房间，早已经因为某些人的离开，灰尘变得多了起来，房屋装饰暗淡了许多。

月光照在坐在床头边的吴海身上，空荡的房间除了吴海，就只有映在地上的孤独影子。

只见到吴海还是老样子的打扮，穿着白色的 T 恤，蓝色的牛仔裤，白色的运动鞋，戴着那个生日时未婚妻送的吊坠。

每逢深夜，吴海总喜欢关上灯，一个人静静地坐在床头边，想着过去的事情。

吴海如此苦恼与悲伤，是因为他太怀念过去了，以及一个叫姚熙的女孩。

如果当初没有分开，或许现在已经结婚了。

可是，吴海现在已经年过三十了，至今没有娶妻。

月光照在吴海身上，吴海脑海中满满都是当初的回忆。

时光还要拉回到八年前，从两个人初次见面时说起。

（二）

当初，两个人都在一家外企工作。

虽然说是外企，但员工有两万多人，也算是当地的一个大企业。吴海当时还是一个大学毕业生，经过父辈的介绍到了这家外企中，在技术部门做实习生。

而姚熙虽然当时的年龄不过三十岁，却已经是外企中市场营销部门的副经理。

外企待遇在他们生活的那座城市里面也算是龙头级别的，许多人都想进。

两个人由于在不同的部门工作，所以见面的次数很少，直到吴海来到外企的第三年。

那一年，吴海凭借着自己的才干和毅力很快扎稳了脚跟，也很快得到了老总的赏识，坐上了经理的位置。

在那一年，企业的业绩一路攀升，超额完成了过去一年的任务量，公司的利润也翻了好几番。于是在那一年，公司高层决定开一个年终会，以表彰过去一年中为企业立下汗马功劳的人和辛勤付出的人。

作为公司的第一大部门，姚熙理所应当地被提名了，而吴海在这一年的努力成果也是不容置疑的，所以，当选也在情理之中。

晚会进行得很顺利，不一会就进行到了最后一项，颁奖仪式。

根据事先安排的位置，分别上台领奖。虽然只是一个仪式，可是毕竟老总财大气粗，光发放的奖金就足够他们花销一年的，在这时意料之外的事情发生了。

（三）

按照事先安排的位置，姚熙是第三个上台的，吴海是第六个上台的。

可就在姚熙领奖准备鞠躬致谢的时候，突然之间感觉到天昏地暗，脑海中一片空白，倒在了地上，顺势也扔掉了手中的奖杯和礼品。

还没等所有人反应过来时，吴海就第一个冲了上去，然后抱起姚熙，向着门外的方向跑去。

老板急忙叫上了几个人跟上吴海，确保姚熙平安无事。

之后，吴海抱着姚熙来到车库，开了车门，将姚熙放在副驾上，然后发动了车子。

这时紧跟的那几个人也到达了车库，但是吴海说他一个人可以，所以那几个人也就回去了，继续开会。

所有人都相信吴海的为人，也就没有人阻止。

吴海开着车，一直向离企业最近的医院驶去。

企业的晚会继续进行着，晚会大厅中的人们还照常说笑着。

月光逐渐暗淡了下去，一直坐在床边的吴海也开始打瞌睡了，开了灯，铺好床，沉入梦中。

又继续在梦中思念着。

吴海之所以在晚会上看见姚熙晕倒时有这么大的反应，与他童年的一件事是密不可分的。

（四）

在吴海还小的时候，一次回到农村姥姥家时，出了一件事情，还差点因此丧命。

那是在夏天的时候，天气十分炎热，吴海和一群小朋友出去玩，几个小朋友在不经意间看见了一个庭院中的桃子，于是就翻墙进入院子里面偷桃吃，也没有用水冲，就咬了下肚。

然后不幸的事情发生了，等几个人出来的时候，一个个都感觉不对劲，先是肚子痛，然后就是面部发紫，几个人躺在地上，直打滚，口吐白沫。

原以为会就此丧命，可是就在这时，吴海的爷爷碰巧从自家地里回来，看到了几个人在地上直打滚，赶紧放下手中的农具，抱起其中的两个孩子，向着村医院的方向跑去。然后在路上一边跑，一边喊着附近的村民，救孩子。

最后，吴海和另外两个孩子得救了。

从那次意外以后，吴海不再乱吃东西了，遇到受伤的人也急忙救助。

也从那以后，吴海对于死亡有着自己特殊的感悟，毕竟，也是与死神交过手的人。

时间过得很快，在睡梦中，吴海醒来了，看看墙上的摆钟已经是早上十点多钟了，肚子感觉有点饿，于是起床来，穿好衣服，刷牙洗脸，出门。

秋天是一个很荒凉的季节，到处给人一种伤心的感觉，树上的枝叶干枯了，随风飘散了一地。

路上的行人少了，没有人在这个季节里欢喜歌唱，也没有人在这个季节里欢撒着种子，人们像这个季节一样，尽是悲情。

出了门，吴海来到了门外的一家早餐厅里面，点了自己最爱吃的肉包子和一碗稀饭，然后大吃了一顿，毕竟现在他一天只吃两顿饭，早饭和晚饭。

而以前的时候，吴海的饭量那是大得惊人，每天除了吃就是吃，虽然一天到晚吃个不停，但身体还是很匀称，没有任何的赘肉。

可是现在只是一天两顿饭，身体也因此消瘦了许多。不再像以前那么健康，常常生病。

吃完早饭之后，吴海一个人来到恒星大桥上，看着往来的车流，望着远方的若隐若现的高层建筑物，叹息着时光的荏苒。

在恍惚之中，吴海仿佛看见了从大桥的另一方走来一个女子，似姚熙的模样，他想走近她，触摸她。

向前跑去，可是走到桥的尽头没有一点人的踪迹，原来一切都只是一场幻觉。

可能，是他太过想念吧。

（五）

姚熙的离开已经在很大程度上改变了吴海，以及他的一些生活方式。

吴海驾着车，终于到达了医院，然后停下车，抱起姚熙就向急诊室里面跑。

吴海在外面焦急地等待着，好似里面这个人是自己最好的朋友一样，可是，毕竟他们也是第一次见面，而且姚熙也从没有见过吴海。

陌生还是熟悉，无从谈起。

过了将近有十来分钟，医生出来了，吴海急忙上前去询问姚熙的情况。

医生告诉了他一切，原来只是一场虚惊，姚熙突然晕倒的真正原因，就是因为她在工作上太过拼命，而且在生活饮食方面也不是很注意，所以营养不良，才会晕倒。

想进病房去探看姚熙，可是医生嘱咐道，病人需要休息，要到一个小时之后，才能醒来。

这时吴海深深地舒了一口气，为这场意外而感到庆幸。

然后吴海就走出医院，驱车来到了附近的夜市为姚熙准备着晚餐，毕竟晕倒的真正原因就是营养不良，买了鸡汤和一些营养食物，然后打包好，再次回到医院。

拿好东西，锁上车子，然后就来到姚熙所在的病房，这时姚熙也刚刚苏醒过来。

将东西放在姚熙的病床头的橱柜上，两个人开始了彼此间的第一次谈话。

你好，我是吴海，是技术部门的，刚才在晚会上看见你突然晕倒，然后就将你送到了这家医院里。

万分感谢，我叫姚熙，是市场营销部门的，太感谢你了。

姚熙说话时声音很低，可能是身体还没有彻底恢复过来。

哦，对了，刚才趁你睡觉的时候，我到附近的夜市里面买了一些鸡汤，我妈告诉我，营养不良的时候就多喝点鸡汤，我也不知道你是否爱喝。

说时将鸡汤递给了靠在病床上的姚熙。

谢谢你。

接过鸡汤慢慢地喝了起来。

两个人的第一次见面说不上有什么特别，似乎一切都是在情理之中，也似乎是早已命中注定。

接着两个人开始聊了起来，两个人都很知趣，聊起来发现对方都喜欢茶艺。

以此作为话题，两个人聊得热火朝天。

时间过得很快，很快就到了凌晨三点钟，这时一个护士说，病人可以回家了。

两个人就这样离开了医院。

吴海驾驶着车子，向着姚熙家的方向开去，一路上姚熙不知道说了多少次感谢，也不知道为什么眼前这个陌生人会对她如此的热情。

到了姚熙家，吴海先下了车，然后打开另一边的车门，扶着姚熙，到了姚熙家门口，姚熙打开门想让吴海进屋坐坐，可是，吴海以时间不早了为由，告别了姚熙。

看着离去的车子，姚熙心里有一万个为什么。

也不知道这个年轻人的真正用意在哪里。

（六）

在恒星大桥上待了一会儿，吴海就离开了，开着车向着繁华的都市中心驶去，为的是能够再在那都市里面找到曾经熟悉的味道，还有那曾经一起牵过手的街角。

眼前的高楼大厦，对于他来说一点都不陌生，每逢周末的时候，姚熙总会拉着他来到这里，去进行疯狂购物。

除了购物之外，姚熙也总会拉上吴海去商业中心那个叫冰之恋的小店里面，买一款叫纯恋的冰饮，然后两个人坐在小店的座位上，一起吃。

可是，时光的浪潮淹没了一切，将所有的记忆都封存了起来，连廉价的影子也没有留给人们。

走着走着，吴海就来到了这间冷饮店中，买了一杯纯恋，坐在曾经他们两个人都喜欢的角落，看着来来往往的人群，心里笑着。

这时一对情侣走了过来，只见男的端着两杯冷饮，女的扶着男生的胳膊，曾经，这样的画面也出现过。

看着这样熟悉的画面，吴海笑了起来。

记忆中，幻想中，现实中。

在送姚熙回家后，吴海就回到了自己家中，由于白天太累的缘故，进了屋，就走进卧室里，一头栽在床上，昏睡了过去。

晨曦将黑暗驱赶，朝阳徐徐升起，缕缕阳光照射下，寂静的街道由此也渐渐喧闹起来，将一切落寞驱赶，带来了人们渴望已久的希望。

天亮了，闹铃响了起来，吴海这才从睡梦中醒过来，看看时间已经是七点多钟了，距离上班时间不到半个小时了。

于是，从半昏半醒的状态中惊醒了过来。

急忙洗漱好，下了楼，开着车子向着公司的方向驶去。

路上行车也不算太多，没有遇到高峰期的堵车现象，所以，很快就到了公司，可是谁也没有想到的是，昨天的英雄救美变成了隔天的头条新闻。

进了办公室，顿时办公室里面的空气一下子凝聚了，所有人都看着吴海，虽然说，吴海是这间办公室的真正领导，可是这次，气氛瞬间变得格外尴尬。

来到最里面的属于自己的办公室，关上门，放下东西，然后坐在了办公椅上，趴在办公桌上睡了起来。

看见领导进了办公室，部门的这些员工又开始了他们的八卦，毕竟吴海救助的对象好歹也是这家外企里面的数一数二的美女。

尽管外人那么看，说着一些八卦的东西，可是，吴海还是不知道发生了什么。

吴海的状况不好，姚熙也好不到哪里去。

但工作狂就是工作狂，第二天，身体欠佳的姚熙还是驾车来到公司，尽管身体还在恢复阶段。但是这丝毫没有影响到她工作的状态。

老板说要给姚熙放一周的假期，可是姚熙还是以公司业绩为由拒绝了。

老板没有办法，只能听从姚熙的决定。

（七）

时间过得很快，到了午饭的时候。

为了答谢吴海，姚熙在下班之前就已经来到了吴海所在的办公室门前，等着吴海。

员工们纷纷出了办公室，下了楼，向着位于西面的餐厅前行着。

等了好久，也没有见到吴海出来，这下姚熙可等不及了，进了办公室里面，看到了总经理的办公室门牌，于是推开门进去了，看见了里面有一个人趴在办公桌上，就猜到是吴海。

于是，走了过去，用右手碰触着吴海的左肩，吴海这下才被吵醒，原来姚熙是为感谢吴海专程而来的，邀请吴海一起去吃饭。

吴海以举手之劳为由拒绝了，可是在姚熙的一番狂轰滥炸下，还是动摇了，只好跟着姚熙一起去餐厅。

路上两个人有说有笑，好像就是两个认识很久的好朋友一样，一点都没有生疏的意思。

谈笑风生。

到了饭堂里，姚熙请吴海吃了一顿鱼，在这个外企中的饭堂里面，唯一能拿出手的，就是红烧鱼了，其他的饭菜虽然说是有点滋味，但是这个窗口的红烧鱼不知怎么的，每次吃都有一种不同的感觉，所以，姚熙最爱的就是来自餐厅五号窗的红烧鱼了。

吴海对鱼的感觉也是一般般，但是在姚熙的盛情款待下，还是勉强夸赞着红烧鱼的色香味。

两个人吃饭的速度很快，恐怕要归功于他们繁重的工作，这两个人同时还有一个共同的毛病，那就是在吃饭的时候总是要在餐桌上放上一瓶纯净水。

不到二十几分钟，两个人就吃完了一整条鱼，虽然没有吃任何的诸如米饭的主食，但是，两个人吃一条鱼，也真是够撑的。

放好餐具，两个人就又一起回到了各自的办公室，继续工作着。

时间过得很快，一转眼，一天的工作时间结束了，办公室里的人一一告别了吴海，出了办公室，走向车库。

由于吴海还有部分的工作没有完成，就留下来加班了。

　　时间过了大概有一个小时左右，吴海这才完成工作，此时已经是疲惫不堪了，在桌子上趴了一会，锁上了办公室，下了电梯，走向车库。此时，原本喧哗的企业也因为职工的离开，变得格外的寂静，静到可怕。

　　走到车库里，上了车，正准备发动车子时，只听见外面传来了高跟鞋的声音，由于急着回家，所以也没有在意这些。

　　那时地下车库的灯光非常暗淡，那样的环境总让人联想到妖魔鬼怪的事情，吴海哆嗦了几下，然后才发动了车辆。

　　没有想到，就在他发动车子的那一刻，车库里的另一辆车子也响了起来，这下子，心中的紧张感一下子涌了上来，镇定了几下，这才倒车准备开出车库。

　　就在他开车快要到拐弯的地方时，一辆车子往后退了，由于车速很慢，没有相撞，可是两辆车的距离也只有短短的三米。

　　吴海这时真的蒙了，以为真的遇上鬼了。

　　就在他下车的前一秒钟，前面车上的人下来了，仔细一看原来是姚熙，她也是刚刚加完班，正准备回去。看见是姚熙，吴海心中的石头这才放下，人也一下子恢复了正常。

　　吴海也下车了，看见姚熙，上前搭了几句话，然后，两个人一起开着各自的车辆向着出口驶去。

　　吴海家住在东区，姚熙家住在南区，两个人还能在一起行驶一段距离，路上车不算太多，所以两个人行驶得很快，终于还是来到了离别的地方。

　　吴海下了车，走向姚熙的车子，姚熙也下了车子，两个人没有多说话，只是相互间慰问了一下，然后就各走各的，离开了分别的地方。

　　走时,姚熙请吴海第二天晚上和她一起去恒星大桥吹海风，吴海没有拒绝，答应了姚熙的请求。

（八）

到了家里，吴海就瘫倒在床上，衣服也没有脱，就这样昏睡了过去。

相反，在路上，姚熙的车子开得很慢，不是因为路上车辆太多，而是因为，她觉得那个叫吴海的男孩还不错，挺照顾人的，可能是她一直要找的人，只是现在下结论还为时过早，所以一切只能说是可能，而非绝对。

第二天吴海早早就下班了，姚熙也很快下班了，两个人按照约定来到车库，只是姚熙要求吴海坐她的车去，开两辆车太过麻烦。

吴海虽然再三推辞，可最终还是低下了头，默默同意，只是要求开他自己的车，姚熙的车就不用了，还关心地说晚上送她回家去，第二天去接她，两个人达成了协议，爽快地驶向恒星大桥。

天气很好，晚上的星星都显现了出来，映在人们心里。

恒星大桥建立的时间很早，据说是一个房地产巨头为了纪念他的妻子而建造的。所以后来每逢情人节的时候，桥上总是挤满了人，他们希望在这里可以让大海祝福他们的现在与将来。

吴海是一个在海边长大的孩子，所以对海有一种特别的情感。许多时候，吴海都是一个人来到海边，看潮涨潮退，日出日落，也最爱一个人来到海边，听着音乐，吹着海风，证明他这个海的孩子，一直都在母亲的身边从未离开。

吴海趴在桥边的栏杆上，朝着幽静的大海，远远地看着海面，一动不动。

姚熙也看着海面，但顺势又将自己的目光转向了吴海，看着可能属于自己的未来。

之后，两个人在桥面上走着，看着远处城市的霓虹灯与各种颜色的灯光，欣赏着城市独特的魅力，突然间，吴海感觉到了自己的渺小与这个世界的伟大。

一路上，周围空气静静地随风流淌着，海风吹向了他们，在他们的脸上留下了得意的痕迹，那个夜空中最亮的星依旧闪烁着，灿烂地点缀着整个夜空，衬托着夜的繁华与孤独，直到旭风唤醒黎明，也直到夜不再孤独地黑。

一切又都恢复了黑夜的宁静。

（九）

两个人在恒星桥上转了大概有一个小时，吴海就提出要回去，因为实在没有事情做。

就这样，两个人度过了一个梦幻一般的夜晚，在这个号称是情人桥的地方。

吴海开动了车子，载着姚熙，离开了恒星大桥。

不到一会，吴海就到达了姚熙的家，将车子停靠在小区的门口，然后告别了姚熙，转身上了车，离开了。

看着吴海离去的背影,许多东西在姚熙脑海中久久徘徊着。

她相信有一天，找到自己的白马王子，然后和他浪漫地穿越人山人海的街区，或奔跑在那一望无垠的草原上，听着那从山峰的顶端吹来的风，紧紧相拥看着那草原上的万马奔腾，草低见牛羊，感触那天空的辽阔，畅想未来。

渴望有一天，在自己死去的那一天，陪伴在她身边的是她最爱的人。

她一直在等待着，而眼前就有一个活生生的白马王子等着她，只是她不知道该如何去抉择未来，犹豫着，也许相拥相爱只是时间问题。

在回去的路上，吴海脑海中也想了许多，他已经逐渐感受到了姚熙的爱意，虽然说，他从不在乎年龄的差距，但是，一碰到这种事情，就有些犯难了，不知所措。

现在，他还不能大胆地去判断，但是，他相信，他会听从上天的安排，顺其自然。

回到家中，洗漱了一下，然后就上床睡觉了。

那一天晚上，两个人做的梦几乎一样，一个关于爱的故事，故事很凄美，唯一不同的是在吴海梦中，男主角是他自己，女主角是姚熙。姚熙的梦里，男主角是吴海，女主角却不是她自己。

吴海从冰之恋冷饮店里走了出来，然后就走到购物中心里，推了一辆购物车，走向最里面，还记得姚熙最爱吃的甜点是红豆糕点，最喜欢的零食是果冻，还有最爱的酒是白葡萄酒，还有……

一切的一切他都还清楚地记得，只是现在所有的都在，姚熙不在了。

买了整整一大包的零食，走出了商场，开着车子，回到家了。

回家的路上他见到了许许多多他认识的人，也热情地与他们开着玩笑，丝毫没有显露出自己内心的脆弱与孤独。

但所有人都知道，因为毕竟曾经爱得太深。

回到了家中，将东西放在了桌子上，此时已经是下午五点零三分。

记得姚熙离开的时候曾经对他说过，如果有一天，我不在你身边，你一定要好好照顾自己，不要想我，看到你伤心的样子我会更加伤心的，请爱护自己。

吴海一直记得这句话，可是他一直没有勇气去继续生活下去，一直活在姚熙的阴影里面，他尝试着忘记，可是都是徒劳，还是忘不掉曾经发生的一切。

我们爱他人胜过爱自己，为此我们失去了很多。或许，就是对怀念最好的解释吧。

（十）

此时，吴海深刻地意识到，他不能辜负姚熙，他要振作起来。

于是，拿起了劳动工具开始整理家务。

这对于吴海来说，是一个新的开始，而非最后的终结。

在打扫的时候，偶然间看见了书橱上的不倒翁，还记得那是姚熙送给他的生日礼物，每一次碰到它的时候，都会发出"哈哈哈"的声音，只是现在，那个不倒翁已经不能发声了，早已经没有电了。

随手动了一下，看着不倒翁摇动的状态，瞬间眼眶就湿润了，又再次陷入了沉思。

按照约定，吴海早上六点钟就从家里出发了，在路上顺便买了两份早点，继续驶向姚熙家。

到了姚熙家，此时已经是六点半了，然后掏出手机，给姚熙打了电话，可是，打了几通电话，手机都是处于无人接听状态。这时，吴海下了车，朝姚熙家所在的三楼走去，到了门口，正准备敲门时，门突然开了，两个人看到了对方，都被惊吓到了。好长时间才各自缓过神来。

吴海抱怨着姚熙没有接电话，这时，姚熙才意识到，拿出了手机，看了看手机上的未接电话，有足足七个，全部都是来自吴海，感到了愧疚，忙解释道，刚才为了赶时间在洗漱，忘了看手机，也没有听见手机的铃声，所以才没有接通电话。

看着姚熙，吴海半天没有说话，之后，两个人才下了楼。

上了车，吴海将买好的早点递给了姚熙，姚熙内心很是惊喜，忙说着谢谢。

吴海没有发动车子，而是转头看着姚熙说，从今往后，我不许你对我说谢谢，那样就好像你亏欠我似的，我不要那样，只要你记住我的好就行了。

听完吴海的一番话后，姚熙微笑着点头表示答应。

车子发动了，驶向了这座城市的最中央。

两个人又开始了新的一天，开始了紧张的工作。

他们的命运可能在冥冥之中已经被注定了，宛若两片落叶飘落树下，随风飘走，在满天繁星的时刻，再次相会在一起，再次遇见。

也许冥冥之中，一切生物早已规划好了自己的路迹行程。

时间过得很快，宛若流星一样，还没有等到人们许愿时，就已经消失不见了。

（十一）

很快就到了十月一日国庆节，按照惯例，公司实行的是轮休制度，今年，刚好轮到吴海和姚熙休假。

属于两个人的假期刚刚开始。

姚熙问吴海，国庆节去哪里，吴海没有好的主意，毕竟，他是一个不太好玩的人，一般放假时都是回到老家去陪陪家人。

可这次，吴海的假期恐怕是要被姚熙侵占了。

最终，经过两个人的商议，目的地就定在了离城市不远处的落枫山，毕竟，这个季节是最适合赏枫的。

说走就走。

两个人经过了三个小时的长途跋涉，终于到达了落枫山。

落枫山比较著名的当属每年的十月份赏枫。

在落枫山上至今还流传着一个传说，说两个人只要用笔在枫叶上写下梦想，就至少有一个人的能够实现，虽然说概率不是人们追求的百分之百，但是有一个可以实现已经足够了。

两个人将车子停在了落枫山山脚下，然后拿好装备，带好上山所需的食物，准备上山。

一路上的风景令人如痴如醉。

两个人选择坐缆车去观光，毕竟，那样可以节省些体力，纵览全山。

大概过了一个小时左右，两个人就乘着缆车到达了山顶，而传说中的那棵愿望树也正是在那里。

下了缆车，两个人就走向那棵有几百年树龄的枫树，大到十个人站在一起，都不一定能够环抱住，树上满是人们写下的愿望。残缺和完整的枫叶都挂在树上。

吴海从附近找了两片完整的树叶，然后，将自己的祝福用笔记录在了枫叶上，用红线系住了叶片，挂在树枝上。

吴海想看看姚熙写的是什么，可是姚熙怎么也不让吴海看，一样，吴海也没有让姚熙看他写的是什么。

于是，姚熙问吴海，在叶片上写的是什么，吴海说，我写的是祝福你幸福生活一辈子。

然后，吴海反问着姚熙。

姚熙说，我们写的是一样的啊，我写的也是祝福你幸福生活一辈子。

只是，这时两个人的眼光交织在了一起，互相看着对方，久久没有说话。

天色不早了，两个人准备返回。

就这样，两个人离开了落枫山，吴海又再次驾着车返回城市，路上，因为上山劳累，早已疲惫不堪，姚熙躺在副驾座上，睡着了。

吴海看见姚熙睡觉的姿势，浅浅地笑了。

车辆离开了落枫山，驶向日落的地方。

（十二）

不到三个小时，就到了姚熙家所在的小区，这才叫醒了姚熙。姚熙揉了揉眼睛，看看手机，时间已经是晚上九点左右了，这才意识到她已经到家了，下了车，取了东西，走向小区门口。

吴海看见姚熙离开的背影，知道他此时该说些什么了，打开右边的车窗，望着姚熙离去的背影，说，姚熙，我们在一起吧。

姚熙被这突如其来的声音叫住了，内心触动着，不知道该说些什么，一直没有回头看。

吴海看见姚熙停住了脚步，久久没有给予他答复，于是，停下了车，走向姚熙。

看着姚熙的背影，又再次说了一遍，姚熙，我们在一起吧，无论我们之间有哪些隔阂，我这一辈子只会喜欢你一个人。

姚熙这才慢慢地回过头来看，将早已疲惫不堪的身体转向吴海，看着吴海的眼睛，久久，久久。

吴海将姚熙紧紧地抱在自己的怀里，姚熙没有反抗，两个人相拥了将近十分钟，都没有说话。

姚熙开口说了，我愿意，我要我们一辈子都在一起，不分离，而且要你一生只爱我一个人。吴海将姚熙更紧地抱住了，低下头，吻着姚熙，可是谁也没有想到，那竟然是他们最后的相拥。

后来，两个人就在一起了，整天形影不离。

再后来，两人开始筹备结婚。可是，结婚毕竟不是过家家的小事，得从长计议。

经过一个月的准备，一切都准备好了，只等手牵手走进婚姻殿堂的那一刻。

可是，就在他们结婚的前一个月，姚熙因为工作业绩出色，而被老板亲自委派去参加五年一度的全球商业巅峰会。

这可是一次难遇的机会啊，一旦表现得好的话，回来时就可能直接被提升为公司的副经理。

（十三）

为了这一刻，姚熙已经足足等了七年的时间，这一次，无论如何，也要将自己的才能发挥到极致。

想想看，那该是多么光荣的一件事情，于是，得到了所有人的祝福，向着光荣进发着。

临行前的那个晚上，吴海带着姚熙去了这座城市的商业中心，分享着属于他们独特的幸福味道。之后，两个人又到了恒星大桥，去吹海风，吴海在桥面上唱着姚熙最喜欢的歌曲，姚熙也用她最娴熟的舞蹈伴着吴海的歌声。

天空中的星星闪闪发亮，将这段故事用它最熟悉的方法记述着。

第二天一大早，吴海就将姚熙送到了机场，与早已在机场等候多时的商业精英会合，这一次，无论对谁来说，代表的意义都是重大的。

机场中的广播开始播报，终于，飞机要起飞了。

告别了吴海，姚熙登上了飞机。

吴海在安检外远远地看着姚熙离去的背影，挥挥手作别。

姚熙越走越远，直到消失在吴海的视线之中，吴海走了，开着车，离开了机场。

（十四）

不幸的事情发生了，姚熙乘坐的飞机失事了。

吴海不相信这个事实，开着车在这座城市里转呀转。

最后，彻底绝望了。

电视里，广播里，到处播送着飞机失事的讯息，也已经证实了没有一个人存活下来的事实。

绝望着，绝望着，绝望着。

在姚熙去世后，吴海辞去了工作，在城市的商业中心，开了一家西餐厅，取名为爱惜，以纪念姚熙。

停止了思念，吴海继续劳作着，将房屋里面的每一个角落都打扫得干干净净，一尘不染。

忽然想起了，那年和姚熙在落枫山上一起悬挂的枫叶，他想知道姚熙的枫叶上到底写了什么。

他知道，姚熙告诉他的，不是真正的答案。

为了找寻到曾经的记忆，不久，他就驱车来到落枫山，越过了重重的阻挠，来到了落枫山的最高端，在那些残缺不全的枫树上，努力寻找着记忆中曾经的那片枫叶，还清晰地记得自己在那枫叶上写的那几个清清楚楚的汉字，吴海要和姚熙在一起一辈子，不管发生什么，不离不弃。

在那里寻找着，可是再怎么找也没有找到姚熙的那一片，除了满地的枫叶和残枝外，没有了一切，绝望着，失望着，对于吴海来说，曾经或许只能成为回忆。

找寻了一下午，还是没有找到，失望地离开了落枫山，再也没有回来过。

离开的那一天晚上，刮起了一场狂风，将原本飘落的枫叶和残枝吹得满天都是，几棵枫树也被刮倒了，斜倒在地上。

第二天，狂风停止了喧闹，整个世界又恢复了平静。

（十五）

一群小孩在落枫山下跑来跑去，看着漫山的枫叶，每个人都露出了幸福的面容。

哥哥，你看那儿有一片枫叶，上面还写着字。

给我，让我看看。

捡起来，看了看，那片枫叶上写着，希望吴海开心每一天，即使他的世界里没有我。

那片枫叶被扔在了落枫山旁边那条河里，枫叶在冰冷的河水里随着水流漂向了远方，漂向了日出的地方。

每个人都有过曾经属于自己的最独特的爱恋，无论当初的相遇相识是以怎样的形式开始，都真正地爱过。

生活给予我们年轻的时代，而我们在这年轻的时代里用内心的孤傲换来了类似此生不换的誓言，涌过无尽繁华，以怎样的形式开始我们不知道，以怎样的形式结束我们也不知道，也许，这正是爱情最伟大之处。

憧憬，泯灭，每个人都在无形中懂得了爱恋的意义。

时间让我们懂得爱情的魔力，并将一切虚无穿透，唤醒了深藏内心的灵魂，给予了爱重生的希望。

有一些事情总要经历时光的检验与洗礼，例如爱情。

对于爱情这种事，从来都没有唯一的答案，没有绝对的肯定，从来都是只有一万与万一，谁都不敢保证下一秒最爱的人是不是还在自己身边，是否还像当初一样炽热，只爱一个人。

两个相同的空间让曾经的彼此相交在一起，并以真爱的形式满足着炽热的心，任何人都无法逃避现实的残忍伤害。

在现实面前，更多的我们是被这种爱包围并掩埋，到最后可能失去了曾经，也可能到最后最爱的人变成了最恨的人。

可能，到最后可怕的是只剩下自己一人，独自徘徊着。

走过了多少铅华岁月，流浪了多久，早已经忘却了当年的模样。

谁乱弹了琵琶，谁又蹉跎了岁月，彼此间相守淡漠，可能终归遗落在某年深秋，那个繁花尽落的季节，看着枫叶飘落，等待重生。

那段故事至此没有人再次提及，只是无法忘记。

后　记

我们不断远行，不断告别，也不断遇见。
我们会渐渐离散，消失在城市的某一处黄昏。
也会渐渐走近，一起在山林望晨曦。
只是别忘了，为什么而来，为什么去远方。

彼时的少年站在岸的尽头，回首看着过去，一路艰辛崎岖早已繁花盛开。
我们走过，再走远，那不是青春残留的遗憾，而是人生路上必经的离散。
我们是过客，也是未来的使者。

话说七幕，我留了一幕给你，因为我知道，你在地球的某处角落，等待着与我相遇。
我们终将会在地球的某个角落相遇，如果遇见了你，我想说一句：你好啊，有缘人。

愿你，像从前。
愿你，前程似锦。

河堤之北，

落英缤纷。

时秋。

等待花来。